40 CONTOS
QUE ELES E ELAS CONTAM

Direção Editorial
Vitor Alessio Manfio

Projeto Gráfico
Erick Alves Pereira

Revisão
Ana Maria Dal Zott Mokva

Preparação
Isadora Ferrão Sant'Anna
Sabrina Baerle Ferraz
Bruna de Jesus Lopes

Prefácio
Thedy Correa

Organizador
Dilmar Barcerol

Autores

Alberto M. de Medeiros Neto
Alexandre Meyr
Amanda Jansson
Amanda Luiza Neis
Angela Maria Paloschi
Axel Mostardeiro Schneider
Brenda Daniela da Silva
Bruna Sörensen
Camila Ulmer da Silva
Caroline Lucena
Elenice Szatkoski
Evani Fumagalli Ávila
Felipe Baldin Dalla Valle
Fernanda Peron
Filipe Donatti
Francisco Caetano
Gregory Vieira Harkovtzeff
Ilíria François Wahlbrinck
Ismael de Lima Vieira
Jaqueline de Souza Pinheiro
Jefferson Costa Junior
Jennifer Craco
Kenny Teschiedel
Keyla Liebel
Thomas P. Boettcher
Luiza Xavier
Marcelo dos Santos
Marcio Freitas
Maria Carolina Minor Conci
Maria do Carmo M. Rodriguez
Miguel Gomes Machado
Nina Müller
Pedro Augusto
Pedro Soares Pinto
Regina Ruth Rincon Caires
Rejane Bonadimann Minuzzi
Rosangela Albarello Pacheco
Samuel S. Rosa
Simone Ferreira Lima Leistner
Yana Martinez

Dados Internacionais de Catalogação na Publicação (CIP)
(Câmara Brasileira do Livro, SP, Brasil)

40 contos : que eles e elas contam / organizador
Dilmar Barcarol. -- Frederico Westphalen, RS :
Vitrola Editora, 2021.

Vários autores.
ISBN 978 - 65- 89711- 03- 2

1. Contos - Coletâneas - Literatura brasileira
I. Barcarol, Dilmar.

21-63741 CDD - 869.308

Índices para catálogo sistemático:

1. Contos : Antologia : Literatura brasileira
869.308

Cibele Maria Dias - Bibliotecária - CRB- 8/9427

Vitrola editora

SUMÁRIO

PREFÁCIO

THEDY CORREA

A narrativa curta é apenas aparentemente mais fácil do que os longos textos, pois flutua num espaço entre o que se considera obra de um escritor maduro e um novato. Com ideias que pairam entre as conhecidas como senso comum, mas que não têm absolutamente nenhum fundo de verdade, essa narrativa funciona como um estágio probatório: se o conto é bom, pode se aventurar ao desafio de escrever um romance.

A brevidade de uma obra nada tem a ver com a qualidade de seu conteúdo. Arthur Rimbaud escreveu brevíssimos livros de poesia que lhe valeram o reconhecimento dos críticos como sendo um dos melhores poetas franceses de todos os tempos. Para além da obra-prima, "Jogo de Amarelinha", de Júlio Cortázar, é considerada parte importante e fundamental do romance do escritor argentino. Isso sem falar na genialidade dos *hai kais* de Paulo Leminski, cultuado poeta e intelectual curitibano. Para além da dimensão, existem muitos romances breves que poderiam ser chamados de contos, pois seu valor literário e artístico não se relaciona ao tempo transcorrido na história narrada. Prova disso é Ulisses, de James Joyce, que condensa a viagem de Odisseu — protagonista de "A Odisséia" — , representado por Leopold Bloom, um agente de publicidade dublinense, em apenas um dia. E isso não impede que a obra de Joyce seja apontada como uma das mais importantes da literatura mundial.

Em síntese, também na literatura, tamanho não é documento, uma vez que a força de uma obra literária reside no talento do autor, o qual pode ser evidenciado em uma única cena.

Para quem se propõe a desafios de larga duração, o conto é um tubo de ensaio, pois viabiliza a experiência com diferentes recursos de estilo e linguagem, bem como o ensaio de diálogos como se fosse um recorte de uma peça de teatro. Aliás, é comum um conto ser adaptado para espetáculos teatrais de longa duração, nos quais a narrativa curta inspira cenas, diálogos e voos maiores.

Por tudo isso, é maravilhoso ter nas mãos uma coletânea de contos como esta que se propõe à continuidade anual e que, com sua realização, a VITROLA busca promover e estimular novos autores.

Ao possibilitar uma leitura leve e estimulante, a obra "40 Contos Que Eles e Elas Contam" se revela como um passeio por diversos temas e estilos em que o cotidiano se mistura com o realismo fantástico, e a solidão envereda pelas reflexões da vida urbana. Além disso, o passado visita o presente sob a forma de paixões e amores impossíveis, e a velocidade do pensamento contrasta com as sensações vagarosas e profundas que nossos sentimentos insistem em embaralhar. Visita à alma dos autores, os contos dão direito a um chá, um sofá, uma tarde de conversa jogada fora. Devaneios. Histórias contadas ao pé do ouvido. Um prazer autêntico para quem ama a palavra escrita.

Saúdo a VITROLA por essa iniciativa que deixa transparecer sua vocação editorial para além das vendas e comércio, para além das estantes e prateleiras. A obra é um atestado de que a VITROLA ama a literatura tanto quanto ama os leitores. Já estou ansioso pelo próximo volume.

O MENINO E O VENTILADOR

SIMONE FERREIRA LIMA LEISTNER

Três batidas à porta. Subitamente assustado, levantou o seu rosto do livro. Só ele sabia quem batia à porta daquela forma. "Não vou abrir" — pensou. Não podia ser ... depois de tanto tempo? O coração batia descompassado entre a vontade de abrir e a de ignorar. Se fosse como da última vez, a casa ficaria de pernas para o ar.

Paralisou, aguardando ser uma alucinação provocada pelo cansaço. No entanto, as batidas se repetiram no mesmo ritmo. Tentou raciocinar, segurando sua caneca ilustrada por textos machadianos. Ironia. Com a invenção dos condomínios, há sempre algum olho observando você, alguma boca comentando sobre sua rotina. Inevitavelmente, seus horários parecem estar estampados em algum almanaque, ficando difícil fingir que não está em casa.

Quando abriu, lá estava o menino, o ventilador e a avó.

— Como vai a senhora?

— Desculpe, senhor Escobar, ele acordou com a corda toda hoje, não consegui segurar. O senhor sabe, até tento, mas tem dias que não tenho como sozinha com o menino. Contudo, ele prometeu não incomodar; era só pra dizer um oi. Ele fez promessa, né, meu filho?

Ora, feito um carro desgovernado, ele já havia entrado, tentando abrir a porta do quarto que ficava no corredor, mas, dessa vez, eu havia feito o favor para mim mesmo de passar a chave. Muito contrariado, o menino se sentou, repetindo que queria entrar. A avó o chamou, disse que devia ficar com ela, pois já havia dito "oi" e precisavam ir. Ela estava cansada da viagem e iria preparar um lanche para ele. Piscando para mim, ela disse:

— Voltamos depois, meu filho.

Não fez diferença alguma.

Fazia mais de três anos da partida deles, e o menino já tinha quase dez anos. Nossa, como o tempo havia passado! Provavelmente isso também estava estampado em sua cara, pois ele fazia questão de não se olhar muito no espelho. Aliás, desde a saída de Ana de sua vida, parecia que ela levara não só o seu carro, parte da poupança, como também todo o colágeno de sua vida. "Droga, a flacidez tomara conta de tudo!" — pensou.

Não havia muito o que fazer. O menino deitado no corredor, olhando para o teto, e a avó sentada, olhando pela porta que dava para a sacada.

— A senhora quer um café? Será que o menino quer um refrigerante? Quer dizer, ele gosta ainda de guaraná?

— Imagina, o senhor não precisa se incomodar; já estamos indo. O menino prometeu, senão ele sabe. Depois, fica sem o brinquedo, né, filho? Vem com a vó. Não vamos mais incomodar o Sr. Escobar.

Enquanto girava uma hélice que trazia à mão, olhando para o teto, o menino apenas repetia:

— Ventilador.

Engraçado, aquela cena não me chocava mais como antes, um menino e seu ventilador; meu ventilador, de hélices azuis, que eu comprei no Paraguai com Ana. Estranhamente tudo parece ligado. Sim, "existe mais sobre o céu e a terra do que prevê sua vã filosofia", Escobar, dizia a voz.

Quando viajamos ao Paraguai, ela ficou maravilhada com tudo. Para minha surpresa, além das quinquilharias todas adquiridas, ela se apaixonou mesmo por um ventilador de pás azuis. Interessante como algo tão valorizado, depois de um tempo, não seja mais alvo de nossa atenção. Foi assim que Ana me deixou. Simplesmente foi, porque não havia mais nada que fosse importante ou chamasse sua atenção em nossa vida juntos.

Fiquei menos sozinho com a chegada do menino. Todavia, enquanto ele permaneceu diariamente em minha vida, tudo era estranhamente ácido. Fui corroído pela insistência das pessoas em olhar apenas para a diferença, marcada por uma espécie de medo e pena. Havia sempre um universo de perguntas que eu não fazia questão de responder. Afinal, quem precisava fazer tanto questionamento apenas para estar ao lado de outra pessoa?

Degradou-se o meu caráter, acho que foi isso, desde o momento em que a avó me procurou, pedindo ajuda com a papelada. Ela mal sabia ler e precisava de alguém que fizesse os encaminhamentos que não compreendia, uma vez que o menino tinha direitos que não podiam ser ignorados.

— Como ele está?

— Como Deus manda, o senhor sabe. Ele é de poucas palavras, mas as professoras dizem que ele é bonzinho na escola. O médico dele começou com outro remédio pra ajudar a ficar mais calmo. Tá bom, ele consegue até dormir mais que antes e não faz mais xixi na cama. Lá onde faz as terapias, também é bom, e ele gosta de ir.

— E a mãe?

— Faz tempo que não aparece, mas acho que o menino se lembra dela. É... os desenhos que ele faz, não sei. Ele aponta com o dedo sempre para o mesmo rabisco azul. Ele gosta muito do azul por causa do ventilador. É difícil tirar dele, vai pra todo lado, girando-o.

Ele se aproximou, pegou-me pela mão e, apontando, mostrou-me a sacada. Não sei por que era tão incômoda a sua presença. Acho que me lembrava do quanto eu era patético por não saber lidar com a situação. Eu nunca consegui incluí-lo em minha vida, a verdade era essa. Não que eu precisasse, não era minha obrigação, mas eu me sentia assim com ele. Pensava que ele poderia saber, pois meu jeito me denunciava.

Eu era advogado, não médico. Naquele dia fatídico não havia papel que me fizesse saber o que fazer. O menino ficou muito nervoso com os latidos na vizinhança e também não quis comer. A avó disse que era porque só gostava de alimentos amarelos. Ela não sabia mais o que dar a ele. Tentamos acalmá-lo por mais de hora, mas nada. Então, eu gritei como nunca, segurei-o pelos braços e o sacudi com força. Ele paralisou, olhando-me fixamente. Jogou o ventilador, com força, ao chão, e a hélice se soltou. Só assim parou.

Depois daquele dia, a avó decidiu ir embora da cidade, pois achou que faria bem para o menino. Eu não havia mais tido notícias dele. Achei melhor. Assim como Ana, ele era um mistério para mim. Quebra-cabeças faltando peças.

PRELÚDIO

REGINA RUTH RINCON CAIRES

Pela escuridão do quarto, imagina ser noite. Ou madrugada... Perdera a noção do tempo. Foram muitas mortes, muitos renascimentos. Tanta aflição, tantas dores, tanta luta! Mas, agora, vindo não se sabe de onde, é invadido por um deleitoso sossego.

No silêncio, entrecortado pelo gotejar do soro no equipo, de maneira incansável, os pensamentos se avolumam e se atropelam como se disputassem uma corrida derradeira. No peito, o retumbe do coração mais parece o bater das asas inexperientes do menino passarinho. Sabe que está longe disso.

A inércia do corpo não lhe permite observar aquilo que não esteja na direção dos olhos. Vê o teto, apenas o teto. Ainda lhe restam os ouvidos, ouve perfeitamente. Também sente o toque. Incomoda-se ao perceber os olhos mendicantes de Leninha. Sabe que ela procura uma certeza. Quer saber se ele está ali, se a escuta, se a reconhece. Infelizmente, não tem o controle da resposta.

Leninha deve estar por ali, em algum lugar do quarto. Há um ressonar leve espalhado na penumbra, tão leve quanto ela. Companheira de vida, cumplicidade velada. Filhos não brotaram. Apesar de uma expectativa levada por toda vida, percebeu que a esperança escorreu pelos cantos dos olhos quando Leninha sentiu que as regras haviam cessado. Nesse dia, chorou. Foi a única vez que se mostrou derrotada. Aconchegada nos braços ternos de Nestor, extravasou a dor da frustração. Alisava a barriga com desdém, com raiva, dizendo-se seca, estéril. Menosprezava-se.

Ele sabe que deveria ter amenizado a dor da companheira, pois o problema poderia não estar com ela. Nunca fizeram uma avaliação, nunca procuraram orientação médica, porém poderia ter dito isso a ela. Contudo, não disse, talvez por orgulho, talvez por culpa. E ela nunca aventou tal possibilidade, talvez por respeito, talvez por amor.

Para ele, a vida era um querer sem freios. Eram metas, metas e metas. Alcançada a primeira, nem a degustava e já era sugado pela engrenagem da próxima, da próxima e da próxima. A vida era uma moenga de momentos, de sonhos. Para Leninha, não. Ela passava plena pelos minutos, pelas horas, pelos dias, pela vida. Talvez o constante brilho do olhar e a perene ternura do seu trato tenham norteado e protegido a caminhada confiante de Nestor. Para ele, isso era absoluta convicção. Pena nunca ter dito a ela.

Há um ressoar de passos no corredor. Deve ser a enfermeira. Cerra os olhos. A voz suave, sussurrada, avisa que vai substituir o soro e ministrar um medicamento. O líquido queima e lhe dá a sensação de que vai rasgando a veia quando injetado na canícula. Certamente deve ser sonífero ou analgésico. Interessante que, hoje, as feridas das costas não latejam. O colchão d'água está mais suportável, refrescante.

A enfermeira sai e Nestor reabre os olhos. Ainda bem que Leninha não acorda, continua ressonando mansamente. Sempre foi assim, sono profundo, restaurador. Talvez seja pela ausência de remorsos.

De volta à penumbra, os pensamentos voam para as palavras irreverentes da mãe, lá atrás. Ela dizia que todo moribundo, antes de morrer, apresentava uma melhora assustadora, mas isso não a enganava. Sabia que a morte era matreira e só queria abocanhar a vítima com mais vigor. Nestor sente vontade de rir, de gargalhar... a alma gargalha.

Leninha acorda, busca, com os pés, os chinelos no chão e se aproxima da cama. Agora ele a vê. Está colocada bem à sua frente, na mesma direção dos seus olhos. Bonita! Mesmo com os cabelos grisalhos totalmente desgrenhados, continua formosa e serena. Nesse momento, seus olhos embaçam; olha fixamente no rosto do amado, bem de perto. É possível sentir o respirar pelas narinas. Tão perto, tão longe... Nestor sente a carícia das mãos que passam pelos cabelos, pela testa, pelo rosto... Leninha fala com os olhos, abraça com o cuidado, e ele se abandona no abraço. Quer matar a saudade, quer tocar aquele rosto, agradecer, gritar o seu amor. Impossível, mas ela sente, ela sabe. Sempre soube.

Nestor fecha os olhos. Quer emoldurar, na memória, aquele rosto. Quando os reabre, ela não está mais ali. Silenciosa, voltara ao descanso. Ele segue envolto em um turbilhão de pensamentos. Teima ser mais forte que a droga injetada.

De repente, o peito inicia um repique. Batidas aceleradas do coração provocam certa confusão nas ideias. Parece que o corpo todo estremece, e uma onda de calor insuportável percorre suas veias. Queima. Depois, abranda. Chega um frio abominável, insano.

Ele sabe que são as asas, na constante luta pelo voo, que devem carregar o cansaço acumulado por tantos anos. Puxa vida, tem ainda tanta coisa para pensar! Todavia, está confuso, não consegue conectar o fio do pensamento que, ainda há pouco, estava por ali com ele. Sente um cansaço incontrolável, os olhos pesam, as ideias fogem. Nem ouve mais o ressonar de Leninha. O gotejar cessa.

O dia ainda nem clareou e o soro é retirado. Leninha tem a certeza da qual tanto se esquivara.

Ele não está mais ali. O velho pássaro pousou.

A HISTÓRIA DO GALO CAMPINA

MÁRCIO FREITAS

Jamais pensei ser levado de meu habitat para uma casa de gente. Perdi uma juventude brilhante junto às fêmeas e o contato com a natureza limpa e sem mediocridade. O bom da coisa é que aprendi sobre a espécie humana, seus desejos e loucuras. Aprendi que o amor é uma forma de cura e liberta mesmo aqueles que se encontram em situação pouco provável.

Era uma semana decisiva. Estávamos em nosso ninho, minha irmã e eu, comendo uma deliciosa lagarta trazida pelos meus pais. Era a primeira refeição do dia. Pela orientação do sol, eram quase seis da manhã. Nosso dia estava começando, e os movimentos dos animais e das plantas davam sinais de que era hora do balé da natureza. A floresta entrava em festa. Ouvíamos cantos de pássaros de todas as espécies. Os peixes saltavam no rio. A jaguatirica saía da moita. Os macacos se aqueciam com acrobacias entre os galhos. As borboletas cruzavam os céus em coreografia fascinante.

Adiante, longe no horizonte, um pobre homem, como meus pais o chamavam, seguia rumo ao Sul em cima de seu jumento-irmão. Minha irmã me dizia que, quando fosse adulta, sairia daquele lugar e tentaria vida onde não houvesse matança de animais e destruição de florestas. Impossível encontrar tal lugar. Sempre achei que ela devia se casar e ser uma bela acompanhante de seu macho. Ela cresceu bem mais rápido que eu. Seu corpo não demorou a exibir penas por todas as partes. Demonstrava, pelas formas, que seria bela. Ela era mais velha que eu cerca de um dia e meio.

Esse tipo de acontecimento é pouco comum em nossa espécie. Geralmente o macho nasce primeiro. Azar o meu que fui exceção. Quem vai questionar a natureza da mãe natureza? Não posso cobrá-la pelo que aconteceu. Se posso, não fui informado. Melhor ficar quieto e não mexer com entidade superior.

Cinco dias atrás, minha irmã havia iniciado o seu primeiro salto para fora do ninho. Espetacular! Cheguei a pensar que não voltaria mais. Voltou e me contou a experiência.

— Foi uma emoção muito especial sentir o toque do céu e a carícia do vento em minhas asas — disse ela, com um sorriso largo em seu doce bico.

Deveria ser esplêndido voar, ainda mais naquela idade! E essa magia aconteceu outras vezes. Minha situação durante esses momentos era crítica. Cheguei a pensar que seria um despenado. Confesso que sentia uma pontinha de inveja de minha irmã. Na verdade, sentia vergonha dos meus pais. Certamente eles também sofriam com a minha situação.

O Galo Campina é uma espécie muito criada em cativeiro. Somos chamados de "Cardeal do Nordeste", "Galo Campina", "Cardeal do Pantanal", entre outros batismos. Somos granívoros e adoramos hortaliças, legumes, girassol, alpiste, arroz com casca e milho. Reservamos o período entre primavera e verão para reproduzir. Somos pássaros de extraordinária beleza física.

Desculpe-me, leitor, pela tangente que abri para lhe mostrar quem somos. Não tenha dúvida de que é excesso de orgulho por fazer parte da espécie, mesmo sendo uma merda saber que nossa beleza também nos faz vítima do homem e também por saber que posso não estar causando muito orgulho aos meus pais. Basta por hora!

Noite marcante. Incômodo em minhas asas. Estava sozinho. Minha irmã havia saído com suas colegas e dormiria fora. Chovia muito e eu era iluminado momentaneamente pelos raios que cortavam o céu. Não conseguia dormir. Meus pais estavam lá fora para qualquer eventualidade. Uma corrente de ar gelado batia forte. Não conseguia relaxar. Tremia de medo, ou de frio? Gostaria de responder frio, mas o forte da sensação era medo. Medo com frio resulta em dor, e quando aquele raio iluminou os céus, minha vida fechou um capítulo.

Aberto o próximo capítulo e surpresa: apareceu nitidamente o Santo da Floresta que lançou sobre mim um pó branco e, por toda parte, brotaram penas expressivas. Eu me tornara um adolescente. Cheguei a pensar que poderia alcançar minha irmã, mas nem tudo é macio na refeição.

Pela manhã, ela apareceu para se despedir. Encontrou uma turma legal e seguiu pelos céus para São Paulo, Parque Ibirapuera. Segundo o que diziam, era um lugar muito legal. As pessoas não atiravam pedras para matar, embora não tenham explicado se atiravam com outro intuito. Nesse caso, o difícil seria sair de tão longe para tão distante, sem correr risco de ser pega pelos meninos que ficavam caçando pelas matas. No entanto, ela foi. Disse-me que estava surpresa com a minha transformação e que eu seria um macho muito formoso. Senti-me orgulhoso, mas não me envolvi com o comentário. Melhor não comemorar tão rápido.

Despedimo-nos. Não tinha a mesma vontade de partir. Nunca temi ser capturado por ninguém. Nunca me dei conta de que a violência não escolhe. Ao contrário, ela tropeça em você e lhe tira a vez. Agora apenas eu e meus pais me olhando com cara de desolados. Era difícil para ambos. Não demoraria e o problema teria fim. Decidi fazer meu primeiro voo. Uma decepção! Quase morri sendo comido por um teju, quase fui sufocado numa montanha de merda de vaca, quase desisti. Meus pais tentaram me incentivar, trazendo-me lagartas deliciosas. Apesar de manter o apetite, perdi o humor. Tranquei-me no ninho e fiquei emburrado o dia inteiro.

David tinha 16 anos, gostava de caçar animais silvestres e vender na Feira da Parangaba, em Fortaleza (CE). O lugar vivia lotado de gente de todos os lugares, inclusive da capital; eram turistas brasileiros e estrangeiros. Aos domingos, essa tradição era um tanto sacana conosco, mas nada poderia ser mudado, o que significava fazer parte do jogo. Que carta eu era mesmo?

O local onde David caçava suas vítimas ficava no Maciço do Baturité, interior do Ceará, última parte do que sobrou de Mata Atlântica no Estado. Em algumas partes do ano, a temperatura baixava aos 18 graus. Nessa região, morava seu Osório, avô de

David. Homem de bom coração, o velho não gostava das intenções do neto com a fauna local.

Militando a favor da proibição à caça dos animais silvestres daquela região, por muitos anos, o velho queria preservá-la para aumentar os atrativos turísticos. No entanto, foi vencido pela pressão dos que subornaram os vereadores para votarem contra o Projeto de Lei de proibição à caça. Além disso, a contribuição do próprio David ao forjar alguns documentos que o velho usaria em seu depoimento no dia da votação do Projeto de Lei na Câmara.

O moleque fazia coisas que poderiam facilmente lhe render uns anos de cadeia. Como o velho Osório não conseguiu seguir à frente com sua ideia, abriu mão das críticas que fazia ao neto quando este preparava seu arsenal de caça: uma baladeira; uma espingarda para bichos maiores, como a jaguatirica ou o peba; uma rede de caçar borboletas exóticas; um bornal cheio de pedra ou coco-babão que servia como munição. Suas armadilhas estavam soltas pela mata.

Aos poucos, com a intensa gentileza do neto, revelada em presentes, os argumentos ambientalistas do velho foram sendo substituídos por: "Tenha cuidado com essa mata fechada, menino! Pode ter cobra." E é claro que tinha!

A melhor indicação para um acordo moral é saber quanto cada um deve levar. Pelo menos para mim, foi a experiência desse fato. Zona livre para David e lá se arrumou o desgraçado para vir ao meu destino. Como diz o autor do "O príncipe", na guerra, "é um olho no inimigo e o outro numa rota de fuga".

Naquele dia, o cretino estava virado para a lua. Meus pais estavam chegando e traziam, no bico, uma longa minhoca para o jantar. Quis mostrar-lhes alguma evolução: então, resolvi fazer uma demonstração de voo. Para quê? Em vez de alongar um pouco, pulando entre os galhos, saltei de uma só vez. Tive uma câimbra na asa esquerda. O chão foi se aproximando, e as asas não reagiam. Embarrei-me em um monte de merda de vaca. Outra vez. Minhas asas pareciam não suportar o peso de tanta merda de vaca. A umidade e o fedor foram me deixando tonto. Que merda!

Esbarrei desequilibrado na cerca perto de um curral, onde estavam cinco cavalos.

Fui avistado por David. De forma cautelosa, aproximou-se para não assustar os cavalos. Sacudi o resto de merda que tinha em minhas penas. "O que fazer?" — perguntei em silêncio e também em vão. Fiquei nervoso e comecei a piar. Meus pais voaram para perto.

Somente isso, pois o que poderia me tirar daquele apuro havia me traído. Mais uma vez, não pude contar com minhas asas. Perdi David de vista. Pensei em retornar, mas não sabia de qual maneira. Ferrou! Fui apanhado. Tentei inutilmente sair daquela rede jogada sobre mim. Não foi possível. Meus pais começaram a voar ao redor de David, mas logo fugiram, pois o galego tentou acertá-los com pedras. Duas horas depois, eu estava sendo depenado, colocado numa gaiola e levado com outros pobres pássaros capturados para o mercado negreiro.

Estava longe dos meus pais. Minha irmã e todo aquele mundo lá fora. Não fazia ideia do que me aguardaria dali para frente. Nunca imaginei que a espécie que meus pais chamavam de pobre homem fosse tão louca. É tão solitária que prende o que vê pela frente para não morrer de tédio. Dentro de uma gaiola menor, fomos levados à cidade. Calor infernal dentro daquele saco! O sabiá se borrava todo e era "russo" sentir aquele fedor subir com o mormaço. De lascar! Horas depois, chegamos à casa de David. O lugar era cheio de pássaros, borboletas, lagartos, papagaios, peixes ornamentais, cobras, jacarés e outras espécies.

Alguns animais eram de estimação e muitos outros destinados à venda. Alguns eram vendidos na Feira de Parangaba; outros, mais complexos, por vias internacionais. Adivinha para que lado eu fui? Não adivinhou? Fui colocado em uma gaiola com mais três da minha espécie e preparado para ser vendido na tal feira. Finalmente, comida e bebida, ainda que com olhares de reprovação e boicote dos colegas de gaiola. Era unânime a intenção de boicotar o alimento, mas todos, sem exceção, pensaram em atacar, não duvido.

Não havia tido tempo para entender a situação, tampouco iria me aventurar a partir dali. Fui absorvendo o que restava da vida e rezando quando o escuro permitia.

Pela manhã, domingo de sol e brisa, fomos preparados e levados à feira. Em virtude de podermos reagir aos buracos da cidade e nos debater na gaiola, o que nos deixaria com aparência ruim aos olhos dos fregueses, David aplicou umas gotas de uísque paraguaio goela abaixo de todos nós. Com isso, o grupo ficou calminho.

Chegando à praça, uma gritaria, o piar de pássaros e aves, o relinchar de jumento, o berrar de bode, o latir dos cachorros, o miar dos gatos, um calor, um Deus nos acuda! Fomos expostos em um local em que o sol realçava as nossas cores. Eu ainda estava tonto e fazia esforço para me equilibrar na gaiola.

Meu primeiro pretendente foi um português bobo. Veio fazer "bilu-bilu" comigo. Dei-lhe uma bicada no dedo que ele largou a gaiola.

— Quanto custa este? — gritou como surdo o velho idiota.

David, como era sacana e sabia que o primeiro freguês não significa o único do dia, saiu com esta:

— Este aqui custa cem, porque além de cantar, compõe.

O velho, então, respondeu:

— Não vou comprar-te, passarinho mal educado, pois não fui com a tua cara.

Na sequência, aparecem meus futuros donos: Célia e seu namorado. Ele havia prometido um pássaro de presente em seu aniversário e ela aceitou de pronto. Eu me lasquei. Tanto lingerie, anel de brilhante. Quando a mulher me viu, gritou:

— Eu quero aquele com a cabeça vermelha.

David, percebendo que a coroa havia gostado do meu tipo, gritou o preço nas alturas:

— Duzentos, madame, porque além de cantar, ele também está compondo umas melodias românticas com estilo.

A mulher disse para o namorado:

— Eu quero. Feito o negócio!

Fui levado à minha nova casa. Célia me tirou da gaiola e foi me acariciando entre suas coxas até a sua casa. Senti um leve perfume feminino meio abafado, mas bem melhor que o cheiro do uísque paraguaio que havia bebido.

— Coitadinho, está com as asinhas arrancadas, amor!

Pelo menos, dava para sentir algum carinho naquelas mãos. Quando fui posto na gaiola novamente, para que Célia saísse do carro, levei um susto.

Fui recebido por seu pai, um velho com jeito de louco, com um capacete militar na cabeça, carregando uma geringonça na cintura para fazer suas necessidades fisiológicas. O velho tirou a gaiola das mãos de Célia e foi em direção à cozinha. Antes, porém, passou a gaiola por cima da cabeça dos netos: Felipe, 10 anos; Pedro, 15 anos; Caroline, 18 anos. Todos, em perfeita sincronia, rebateram as provocações do velho com um tapa na gaiola.

Eu, dentro dessa gaiola, de ressaca e com dor de cabeça, quase vomitei. Um sentimento de que haveria calma e perturbação mesclados em meu tempo. Estava em boas mãos, apesar de loucos.

Almoço de domingo fenomenal. Todos à mesa. Eu, em cima, na parede, por onde passava uma barata albina que me inspirava uma caça. Célia terminando os detalhes da macarronada. As crianças deixavam claro que aquele esquema de almoço era chato. Perdiam rapidamente a paciência.

De repente, fui surpreendido por um naco de pão jogado por Felipe. Rapidamente Caroline, futura voluntária de alguma ONG ambientalista, bateu na mão dele como sinal de reprovação. O olhar de repreensão do namorado de Célia foi indicador e um alvoroço maior não tardou vir.

— Se você bater mais uma vez no meu filho eu te quebro a cara, sua...

O velho tomou para si a ameaça feita à neta e disparou:

— Veja como fala com a minha neta, seu desacreditado de bosta!

Vendo que tudo aquilo ia acabar em merda, uma vez que a experiência falava mais alto, Célia levou o prato à mesa e firmou voz no convite:

— Vamos almoçar em paz?

O cheiro estava irresistível. Todos se serviram calmamente e com a fraternidade dos monges. Incrível o tempero de Célia! Muito mais foi ver que a comida era um sinal de trégua para eles.

Faz um ano que moro nesta casa. Sou bem tratado e me deixam fazer a única coisa que ainda me resta: cantar para clamar aos ventos a liberdade que me falta. Canto para acompanhar a música tocada no rádio, para espantar a tristeza dessas pessoas, para respirar o vento sofrido que vem da mata e me escapa pela janela da cozinha.

Aprendi que esse tal "raciocinar" é uma coisa perigosa. O ser humano pode se destruir por conta de suas ansiedades.

Um dia, a garota iniciou suas atividades na ONG ambiental e abriu a gaiola para que eu pudesse "treinar". Não havia ninguém. Assim, ela pretendia iniciar sua militância pela liberdade dos animais.

Eu, que muito pensei em tê-la em minha infância, venho agora provar, aos poucos, com pequenos gestos dessa moça, o quanto é bom essa autoridade de se dirigir. Será um caminho duro rumo à floresta, mas tenho certeza de que chegarei até lá, pois tenho percebido evolução em minhas habilidades. Ela tem me treinado muito quando não há ninguém em casa.

Vou deixar esta casa com uma reflexão inegável aos homens: tudo que existe no mundo é fruto de uma necessidade.

O PODER DE QUEM ESPERA

UM CONTO DE UMA CRIANÇA CONTADA PARA GENTE GRANDE

BRUNA SÖRENSEN

A memória é da infância, mas a sensação ainda está muito viva em mim até hoje. Presumo que este seja o poder de momentos preciosos como aquele que aconteceu no final do século passado, no ano de 1999. Lembro-me de que meus olhos brilharam, e o coração ficou quentinho quando a enxerguei pela primeira vez na loja na esquina da Rua do Comércio, próxima à casa onde eu morava, na pequena cidade de poucos habitantes e quase todos conhecidos. Era época de Natal, porém ainda faltavam um ou dois meses para o grande dia. Eu já sabia contar o tempo. Acontece que, dada à necessidade da espera, ele ficou relativo naquele período.

Tudo aconteceu de modo inesperado, despretensioso. Como de costume, passei pela loja que ficava a caminho da escola e, ao olhar para dentro, fui surpreendida. Dentre tantos brinquedos, enfeites, coisas lindas e desconhecidas, lá estava ela. Recém-chegada à nossa cidade, vinda não sei de onde. Encorpada e fofa, cativou-me de imediato. Por alguns instantes, fiquei parada na porta da loja e, cheia de entusiasmo, apertei firme a mão da minha mãe, antes de soltar e ir ao encontro do objeto desejado. Em poucos passos, cheguei até ela. Posicionei-me à frente da prateleira e estendi meus pequenos braços de criança, tentando alcançá-la lá no alto.

— A minha vaquinha! — pronunciei com alívio, tal qual alguém quando encontra um objetivo de vida. Naquele momento, o meu tornou-se ela.

Sorridente e empática, a senhora, dona da loja, veio em minha direção e a colocou no meu colo. Dado seu volumoso tamanho, meus bracinhos quase não conseguiam concluir a circunferência do seu corpo. No entanto, nada que impedisse nosso primeiro abraço. Um abraço de reconhecimento, no qual pude sentir que era ela que eu queria. Tivemos que nos despedir em breve, pois, naquele dia, ainda não tínhamos como levar minha vaquinha de pelúcia para casa. Primeiro, porque não tínhamos dinheiro suficiente. Segundo, porque a data especial ainda estava a caminho. Terceiro, porque minha mãe precisava me ensinar valores e aquela era uma ótima oportunidade para isso.

Então, ali, naquele ponto de encontro, antes da despedida, fizemos um trato, eu, a vaca de pelúcia e a minha mãe. Garanti que ela — a vaca — seria minha e deveria ficar me esperando até que eu pudesse ir buscá-la, até que minha mãe conseguisse juntar o dinheiro e até que o Natal chegasse. Sobretudo, até que eu aprendesse a construir o valor que ela passaria a ter. Só então nos abraçaríamos novamente, expressando o gosto da conquista.

Considerei uma proposta justa e me coloquei a serviço do meu propósito, fazendo o que era preciso uma criança fazer para conquistar as coisas: aprender. Meus dias se passaram rodeados de espera. O tempo se perdia nas voltas do relógio, e o calendário eu não usava, pois ainda não fazia sentido para mim. Como ocorre com crianças, tudo o que eu tinha era o momento presente. Tudo o que eu tinha era a espera embrulhada em desejo. Tudo o que eu tinha era uma deliciosa espera que não me consumia por inteiro.

Assim, durante semanas, esperamos ansiosamente uma pela outra, ela e eu. Todos os dias, um breve encontro na esquina da rua. Momento em que eu acenava para ela, anunciando que os dias estavam se passando, tranquilizando-a de que logo iria buscá-la. Ao mesmo tempo, reforçava o acordo à minha mãe que, a essa altura, já devia estar mais desejante pela entrega do presente do que eu.

Tudo isso ocorreu repetidas vezes até que chegou o grande dia. Até esse momento, lembro-me de ter vivido os dias, um a um. Lembro-me de que não havia angústia na espera, nem cobrança, nem reclamações ou descrença. Tudo o que havia era esperança e contemplação, além das etapas que precisavam ser respeitadas.

Finalmente, quando a recebi e merecidamente pude levá-la

para casa, entendi o poder de quem espera e o valor do que é esperado. Esse, tornou-se, portanto, o meu primeiro aprendizado sobre o poder da espera, bem como sobre a importância de ter objetivos e construir os caminhos até a conquista do objeto desejado. Ponderou-se, assim, a minha primeira lembrança sobre o processo paciencioso que envolve a transformação de uma pessoa honesta e profundamente desejante. Às vezes, até acho que, naquele momento, minha mãe me ensinou um pouco da atitude ideal que se deve ter diante do mundo.

Contudo, atualmente, noto que minha criança interna precisa me lembrar a respeito da preciosidade desse aprendizado. Com frequência, ela se pronuncia, fazendo um lembrete para que eu aprecie, instante a instante, a aproximação que envolve a chegada do grande dia. Faz lembrete para que eu não esqueça de saber que cada um de nós tem sua própria história, seus desejos, suas competências e suas limitações e que tudo isso não é passível de julgamento alheio, nem de cobranças demasiadas, menos ainda de comparações. Faz lembrete para que eu perceba o processo valioso que envolve a conquista da vaca de pelúcia: o de se tornar alguém maior.

ELE NÃO!

CAMILA ULMER DA SILVA

Tudo começou em uma plena sexta-feira, 13 de setembro de 2005. Não sou uma pessoa supersticiosa, mas aquele dia, além de nublado, parecia triste. Após uma jornada de trabalho de oito horas, fui à universidade, era dia de prova. Então, para me manter "bem acordada" e atenta às questões, fui ao banheiro para passar uma água no rosto.

Apesar de eu estar cinco minutos atrasada para a prova, olhei ao meu lado e vi uma garota entrando no banheiro aflita, chorando e gritando:

— Ele não!

O choro era tão estridente, que não me contive, joguei os meus livros e a minha mochila no balcão que havia ao lado da lixeira, puxei a garota pelo braço, deixando-a parada em frente ao espelho e lhe disse:

— Veja só, você é uma garota muito linda, deve estar chorando por causa de algum idiota que não soube te valorizar. Lave o rosto, não dê esse gostinho para ele, um dia encontrará alguém que a mereça de verdade.

A garota fez o que eu disse e saiu do banheiro alegre e empoderada. Já eu, meu Deus! A prova... Cheguei atrasada na sala de aula. O professor dirigiu-me um olhar severo como se eu tivesse feito algo muito feio e me disse:

— Que bonita, atrasada novamente!

Toda a turma olhou para mim; eram risadinhas para todos os lados. Pelo menos, a prova em si estava fácil.

Após a avaliação, na segunda metade da aula, o professor Éric, que ministrava a disciplina de Língua Portuguesa para Licenciaturas, deu sequência ao conteúdo, leu um texto e, por um instante, ele parou a leitura e disse:

— Vou dar um conselho a vocês: não basta terem um rostinho bonito, é preciso serem inteligentes também para serem admiradas e conseguirem conquistar respeito de alguém. Digo isso por experiência própria. Quando tinha 18 anos, encantei-me pela minha linda vizinha, Glória. Ela tocava piano e estudava francês. Eu também fiz o mesmo para termos os mesmos assuntos e algo em comum. Mais adiante, ela começou a cursar Letras e eu fui seu colega. Todavia, no semestre seguinte, ela ganhou uma bolsa de estudos no exterior, casou-se com um estrangeiro e nunca mais soube nada a respeito dela.

Nossa! Depois desse relato pessoal, a turma inteira ficou em silêncio, ninguém sabia o que dizer, não mesmo! Não entendi o propósito do professor com aquele conselho. A aula chegou ao fim e eu fiquei cara a cara com ele. Então, disse:

— Professor, a Glória lhe fez bem; foi mesmo uma glória em sua vida! Olha aonde o senhor chegou.

Ele sorriu e me respondeu:

— Sim, Esperança, este é o conselho. O que ninguém pode tirar de você é o conhecimento. Por meio dele é que cheguei até aqui, mesmo tendo azar no amor.

Olhei para o meu celular e disse que a minha carona estava me esperando. Dei "tchau" para o professor e saí de lá disfarçadamente, pois não tinha nenhum conselho para dar. Como diz o sábio ditado, "Se não tem o que dizer, fique quieta", assim fiquei.

Na semana seguinte, não era eu quem estava atrasada para a aula, mas sim, o professor. Ele chegou à sala de aula acompanhado e disse:

— Quero lhes apresentar a mais nova professora de Língua Portuguesa para Licenciaturas. Ficarei fora dois meses, e a Rebeca vai me substituir. Então, colaborem com a professora.

A nova professora parecia ser uma pessoa simpática e alegre, daqueles tipos de professores que amam lecionar. Não estou falando mal do professor Éric, mas se alguém iria substituí-lo deveria ser um grande profissional e uma grande pessoa.

Não bastasse a grande demanda de estudos e trabalhos que eu tinha, decidi me voluntariar para ser monitora da professora Rebeca, já que eu era uma das formandas e havia deixado para cursar a disciplina do início do curso somente no último semestre. Organizei os materiais para a professora. Enquanto ela foi ao banheiro, seu celular tocou. Não me senti no direito de atender, só olhei na tela e lá estava o número do professor Éric com a seguinte mensagem: "Meu amor, na próxima semana, estarei de volta. Beijos."

Fiquei muito feliz por eles, mas não queria que a Rebeca desconfiasse que eu sabia do romance deles. Então, peguei o controle do projetor e fui até o fundo da sala, bem longe dos materiais dela. Nesse instante, ela entrou na sala e me perguntou:

— Onde será que eu deixei o meu celular?

Eu simplesmente respondi que não sabia e estava tendo problemas com o projetor.

No dia seguinte, em pleno sábado ensolarado, era a formatura do meu primo. Ele estava muito feliz; tinha convidado todos os familiares e amigos para a sua festa. No momento em que todos estavam dançando, os meus olhos foram ao encontro dos olhares de um belo rapaz. Senti-me estranha, minhas pernas ficaram bambas, meu coração começou a bater rapidamente e fiquei corada.

O rapaz, Januário, fora colega do meu primo em uma das disciplinas na faculdade; era um sujeito "boa praça" e me convidou para dançar. Dançamos e trocamos contatos.

Na segunda-feira, ele me ligou dizendo que gostaria de conhecer os meus pais. Eu lhe disse que poderia ir até a minha casa. Meus pais ficaram contentes com a atitude do rapaz e me disseram que, quando um rapaz quer conhecer os pais de uma garota, isso significa que ele tem boas intenções para com ela.

As palavras dos meus pais reforçaram ainda mais a boa impressão que já tinha daquele rapaz. Parecia ser o cara perfeito, um companheiro para toda a vida, enfim, poderia dizer que seria a minha alma gêmea. No decorrer daquela semana, até chegar o sábado em que ele iria à minha casa, enviou-me mensagens com belas poesias. Eu estava encantada e apaixonada, até pensava que estava sonhando acordada.

O tão esperado sábado chegou e, junto com ele, a visita de Januário. Ele chegou trazendo flores para a minha mãe, chocolate para o meu pai e um belo livro de poesias para mim. Muito educado, se propôs a lavar a louça suja do jantar. Depois, disse que sempre ajudava a sua mãe com os afazeres domésticos; algo que ele adorava fazer.

Disse também que sabia cozinhar muito bem, assim como falou coisas lindas sobre sua profissão e seus sonhos para o futuro, afirmando:

— Quando encontramos o verdadeiro amor, não importa a origem, a classe social, a gente simplesmente cuida, trata a pessoa amada com respeito, carinho, fidelidade e "blá-blá-blá".

É, o Januário falava coisas tão lindas! Todos estavam admirados com suas palavras e atitudes, até parecia ser como diria a minha mãe:

— O Januário não existe mesmo, que figura!

Meus pais adoraram o Januário, diziam que era o genro dos seus sonhos. Na terça-feira, quando estava saindo da aula, recebi uma mensagem no celular. Era Januário querendo saber se eu aceitaria uma carona para casa. Eu aceitei.

Januário abriu a porta do carro para eu entrar, perguntou-me se estava ansiosa para o grande dia da minha formatura em História, que seria no próximo sábado. Respondi-lhe que sim. Nesse momento, ele ficou sério e disse:

— Não quero estragar o clima de alegria pelos seus festejos.

Eu não estava entendendo aonde ele queria chegar com aquelas palavras. Quando puxei o cinto de segurança, ele puxou a minha mão e a beijou. Em seguida, deu-me um beijo bem prolongado. Quando acabou, perguntou-me se eu não gostaria de ir com ele a um lugar mais "tranquilo". Então, indignada respondi:

— Você pensa que eu sou o quê?

Ele respondeu:

— Não acredito que, para ter algo com você, terei que assumi-la como a minha namorada...

Eu olhei-o com muita raiva e lhe disse:

— Você me deixa em minha casa, ou vou chamar um táxi.

Januário deu um tapa no volante e disse que me deixaria em casa. Ficamos em silêncio até chegar em frente ao portão de casa. Parecíamos dois estranhos. Quando o carro parou, eu lhe disse adeus sem olhar para trás. Do mesmo modo, desejei, com todas as minhas forças, nunca mais vê-lo. Cheguei à minha casa triste, deitei-me na cama e comecei a chorar. Chorei tanto e, de repente, lembrei-me daquela garota do banheiro e engoli o choro.

Pensei como é complicado se colocar no lugar do outro. Queria ser "eu do passado", aquela que dava uma "sacudida" nas gurias que choravam e se sentiam arrasadas por causa de algum idiota que havia brincado com seus sentimentos.

A vida, porém, é feita de momentos, e cada momento é diferente, há várias mudanças, vários "eus" que vão vivendo diferentes realidades e situações que acabam constituindo um novo indivíduo, por vários tombos, tropeços, ilusões, alegrias, sonhos... Vamos trocando várias armaduras e nos tornando pessoas mais desconfiadas e, às vezes, o amor acaba sendo algo ilusório.

Não quero generalizar, pois os meus professores vivem o amor e desfrutam a vida juntos plenamente. Há vários tipos de sujeitos espalhados pelo mundo, mas em quem confiar? Uma vez quebrada, a confiança nunca mais consegue ser restaurada, e a dor que a alma sente por se deixar iludir por uma possível alma gêmea não sei se tem cura. Talvez, sim; talvez, não. Isso só o futuro dirá!

No dia da minha formatura, tudo estava lindo e maravilhoso, tudo mesmo! Fizemos uma festa coletiva com todos os formandos do curso de História. No momento em que todos terminaram de jantar e iríamos começar a dançar, o professor Éric pediu um momento de atenção, pois ele precisava fazer um pedido importante à pessoa que morava em seu coração e em seus pensamentos.

O professor se declarou à Rebeca e a pediu em casamento. Ela ficou imóvel, não sabia o que fazer ou o que dizer. Depois de uns cinco minutos, ela respondeu chorando de felicidade:

— É claro que eu aceito, meu amor!

Batendo palmas, todos diziam:

— Viva o amor!

No ano seguinte, apesar de eu ter o bendito nome de Esperança, a minha referência ao amor era trágica, mas havia aprendido muito com os sábios conselhos das pessoas que haviam passado até aquele momento em minha vida. Inclusive, eu dava ótimos conselhos e esperança às pessoas ao meu redor. Só a mim é que não!

Sou uma ótima amiga e conselheira para as pessoas, poderia até ter cursado Psicologia. Esqueçam o que eu disse; não poderia, não estou conseguindo lidar com os meus sentimentos, quanto mais com os dos outros, mas se for preciso um ombro amigo e alguém para escutar um desabafo, sempre podem contar comigo.

O pior é que para determinadas coisas nem os psicólogos sabem o que dizer e como orientar. Estamos vivendo numa liquidez de sentimentos, aparências, desejos... meu Deus! O que será da humanidade sem a afetividade e sem o amor em todas as coisas?

Mergulhando em meus pensamentos, fiquei imaginando o que havia acontecido com o Januário, se estava "pegando várias por aí", ou se já havia encontrado, como ele dizia, "alguém para assumir". Esquece! Não desejo mal a ninguém, que ele seja feliz e que eu também consiga ser.

Desejo, do fundo do meu coração, que ele encontre alguém e que realmente saiba amar e não enganar. Desejo também que ela faça o mesmo, pois coração ferido demora a cicatrizar.

Voltando à realidade, o carteiro me chamou no portão para eu assinar uma correspondência que chegara. Era o convite de casamento dos meus caros e queridos professores. Assim que recebi, liguei para a Rebeca, agradecendo e confirmando a minha presença.

Por um momento, aquele sentimento doce e nostálgico voltou a fazer parte do meu ser. Se temos a oportunidade de escolher entre o sorrir e o chorar, prefiro viver com um belo sorriso no rosto do que ter olhos inchados pelas tristes lágrimas, assim como pensar positivamente diante de todas as situações que a vida me traria. Afinal, a cada novo dia nos reciclamos. Hoje sou uma nova pessoa.

Bem, voltando ao assunto sobre o casamento dos meus professores, ele foi lindo, parecia um conto de fadas. Falando nisso, poderia encerrar o presente conto, meus caros leitores, dizendo-lhes: "Viva o amor! Eles viveram felizes para sempre. Fim." Só que não!

Saindo da catedral, todos fomos até o salão de festas e tudo estava deslumbrante: a comida, as luzes, os sorrisos nos rostos estampados, a música... enfim, tudo parecia uma perfeição. No entanto, nem tudo é perfeito como um mar de rosas. As rosas têm espinhos. As rosas adoçam com o seu perfume, mas quem encosta em seus espinhos se machuca.

E como dói! A vida não é feita de aparências. Mais cedo ou mais tarde, as máscaras caem. Do que elas adiantam, então, se são tão fúteis e momentâneas? Mais vale um tapa na cara da verdade do que um beijo venenoso da mentira!

No momento da valsa, todos em silêncio, com os olhares voltados para o casal de noivos. Todos viajavam no compasso da dança e na troca de olhares dos dois. Até eu comecei a me sentir nostálgica, pensando que há esperança neste mundo para o verdadeiro amor.

Quando os meus olhos, por um instante, desviaram-se daquele casal lindo e apaixonado, foram ao encontro de um rapaz. Notei que ele me olhava de um jeito estranho, não me senti balançada, boba ou constrangida com o olhar dele.

Eu sorri para mim mesma. Fui ao banheiro retocar a maquiagem, e ela estava lá, aquela garota, lembram? Sim, aquela que estava chorando no banheiro da universidade, só que agora muito bela e sorridente.

Olhei para as mãos daquela garota e em um dos dedos havia um anel de formatura do curso de Psicologia, no outro, uma aliança. Pensei com os meus brios: "Nossa! Retira o que eu disse. A vida muda e as coisas mudam totalmente. E que coisa boa!"

A Melissa olhou para mim e disse:

— Eu a conheço de algum lugar, mas não me lembro de onde.

Eu simplesmente sorri e lhe respondi o mesmo. Não queria reviver lembranças de um passado que poderia ter sido triste para ela e não agregaria nada para o momento presente. Só elogiei os anéis que ela carregava em seus dedos, simbolizando troféus em sua vida.

Ela agradeceu o elogio e disse que o curso fora bem difícil. Até pensou em desistir, mas foi uma vitória em sua vida profissional e também pessoal. Ela se sentia realizada em poder ajudar as pessoas dentro da medida do possível, pois, segundo ela, ninguém faz milagres.

Referente ao outro anel, ou melhor, à aliança, ela afirmou que havia comprado para usar como sendo algo que simbolizasse várias coisas em prol de sua segurança. Eu não entendi nada. Então, ela pediu para eu guardar segredo e falou:

— Sabe, quando vai se consultar com uma psicóloga, você busca ajuda para resolver geralmente alguma problemática afetiva, comportamental... E as pessoas buscam uma profissional que esteja com sua vida pessoal e particular bem resolvida. Então, ao olharem para a minha aliança, as pessoas pensam que estou muito bem casada. Entende?

Nesse momento, lembro que só sacudi a cabeça, gesticulando que sim, com os meus olhos bem arregalados. Ela continuou:

— Em alguns momentos, ela serve como um escudo, pois as pessoas olham e não se aproximam de mim com cantadas bobas ou com olhar de piedade perante uma solteirona. Entende?

Eu simplesmente fiz o mesmo gesto anterior, mas, no fundo, não entendia mais nada. Como olhamos para algo ou alguém com um olhar condicionado a interpretações estereotipadas pela sociedade. Não só estereotipadas, mas também preconceituosas. Que mal havia em estar e ser solteira, se ela era uma ótima profissional? Eu me questionava se ela era feliz por trás daquele escudo que ela carregava. Até tive vontade de perguntar se, no fundo, ela vivia uma vida feliz, mas me faltou coragem. Bem, não é exatamente essa a palavra certa!

Já sei! Seria aquela palavra que não tem relevância no presente momento por trazer à tona lembranças do passado que deveriam ficar lá escondidas e até enterradas. Afinal, não adianta dar remédio aos mortos, uma vez que isso não os ressuscita.

Falando em mortos, será que é mais feliz quem é só e se sente completa, como diz o ditado "Antes só do que mal acompanhada"? Ou é melhor ter alguém ao seu lado só para dizer que tem alguém, como se esse alguém fosse uma alma penada, uma sombra que a segue o tempo todo, tirando o seu brilho e sua vitalidade? Não sei o que pensar. Só sei que, cada vez que penso a respeito dessas questões, mais dúvidas e descontentamentos surgem em minha mente.

A Melissa saiu do banheiro e, por um instante, eu fiquei lá me olhando no espelho, imaginando se poderia me transportar para outra realidade, ou melhor, para a realidade conforme a vida e as coisas são definitivamente, isto é, à essência da realidade. A vida e as pessoas eram aparentemente algo bem diferente do que realmente eram por trás de suas máscaras e escudos.

Desviei o olhar, liguei a torneira e lavei bem o meu rosto. Até a maquiagem causava-me um certo incômodo. Era como seu eu também estivesse usando uma máscara, ou então, querendo disfarçar o meu rosto. Como era uma festa, um momento especial, tirei todo aquele "reboco" do rosto e fiz uma maquiagem simples e discreta.

Resolvi voltar ao salão de festas, sentia-me um pouco chateada com a vida em si. Tentava olhar para as pessoas e buscar enxergar a verdadeira essência de cada uma delas, despir cuidadosamente a lente cor-de-rosa ou o filtro, sem deixar de acreditar na beleza da vida, em seu sentido, nos sonhos e em dias cada vez melhores.

Voltei a olhar para a pista de dança. Os noivos dançavam *Dirty Dancing*. Eles deram um show, pois haviam feito aula de dança para apresentarem aos convidados no dia do enlace matrimonial. De repente, meu olhar foi ao encontro daquele sujeito que não parava de me olhar. Que coisa! Ele olhava para mim sorrindo, parecia que me conhecia, mas de onde? Ignorei por um instante, tentei disfarçar, voltei a olhar para ele e as lembranças vieram à tona...

Pensei e disse para mim mesma: "Ele não!"

O GALO, A MULHER E A CHUVA

THOMAS P. BOETTCHER

Antônio Poeta Poente, aos seus 88 anos, não aguentava mais o cantar ininterrupto do galo, a promessa longínqua de chuva e a mesma frase saindo pela boca, agora envelhecida e enrugada, de sua esposa pelos últimos 60 anos:

— É preciso mais paciência para perceber os sinais da vida.

Antônio não queria prestar atenção em nada e se incomodava quando pediam para que tivesse mais paciência. Aguardara 88 anos para chegar a um ponto confortável em sua trajetória pela vida: 20 anos pelo silêncio do maldito galo e 30 anos pela prometida chuva. Ninguém podia lhe dizer que não sabia ser paciente.

Ele desejava apenas que a prometida chuva chovesse de uma vez e que o maldito galo se calasse para que pudesse, ao menos uma vez, ouvir os próprios pensamentos. Mas não, era pedir demais. Quanto menos o galo calava a boca, mais a voz falha e rouca da mulher velha e curva pedia-lhe, pela milésima vez, que tivesse paciência. Tudo se misturando ao caos seco da fazenda triste. Que caos de mundo, de vida, de Antônio Poeta Poente!

Não se tem notícia de quando exatamente aconteceu, no resto do octogésimo oitavo ano de angústia do homem, mas, certa tarde, como que imerso na pureza de seu ódio e coberto com sua inescrupulosa raiva por tudo e todos, Antônio conseguiu unir os pontos desatados de sua vida como se amarasse dois fios de um velho casaco.

Prestou mais atenção ao cantar do galo. O maldito galo tinha vinte anos de idade e, desde o primeiro dia fora do ovo, já se dedicava a cocoricar o dia inteiro. Alguns de seus vizinhos fazendeiros podiam jurar que o galo havia nascido com insônia perpétua, pois não havia registro, pelas redondezas, de alguma vez que ele tivesse dormido. Gritava a plenos pulmões como se anunciasse o apocalipse. Há tempo, Antônio havia se convencido dos poderes videntes do galo e temia um terrível fim mundial anunciado pelos gritos agoniantes. Contudo, depois de alguns anos, não pôde aturar mais aquela insegurança em relação ao fim do mundo.

— Mas que fim de mundo é este que demora tanto para acontecer e ainda é anunciado por um galo rouco?

Antônio desistiu de temer o fim que não chegava e se pôs a apenas odiar o galo por sua inconveniência. Exercitava sua mente, criando milhares de formas de matar o galo, sem, no entanto, colocar em prática seus desejos mais ocultos.

Naquela tarde, no entanto, todo desejo profundo pela morte do galo parecia ter desaparecido. Antônio Poeta Poente ficou ouvindo atentamente o cantar do galo maldito por algumas horas. Havia posicionado três xícaras de café, uma ao lado da outra, e todas ao lado da cadeira, na qual se balançava e que ele mesmo havia construído, totalmente virado à direção do som que chegava até sua varanda.

Carmelita, sua esposa, espantou-se com a repentina paciência do marido, pois se acostumara com ele esbravejando na direção do galo. Com xingamentos infindáveis, fazia o coração palpitar até quase sair pela boca, colocando Carmelita no meio da história. Depois, xingava-a também, pois nada tinha que ver com o galo; por isso, não devia defender uma criatura tão odiável quanto ele.

— O galo grita quando é de manhã... — Antônio filosofava da sua varanda. — Bem, normalmente, pois esse que aí berra não é dos mais normais. As manhãs, quando não são dedicadas ao sono ou ao trabalho, são destinadas ao recomeço... Já que essa deplorável criatura grita o dia inteiro, talvez seja o modo que a tal vida tenha a me dizer que...

Seus olhos arregalaram. Precisou se levantar correndo da sua cadeira para ir até a esposa e relatar a recente descoberta que havia chegado, fazendo uso unicamente da sua capacidade racional e dedutiva. Seu rosto brilhava com o movimento curioso que sua boca fazia. Carmelita não acreditou quando viu. Era um sorriso.

— É a vida me dizendo que todo e qualquer momento é uma oportunidade de recomeçar, como se a cada grito do galo o dia nascesse e renascesse, e renascesse, *ad eternum*, mulher! Eu não sei por que a vida gostaria de me dizer uma coisa dessas, mas ela está dizendo.

E como se repetisse diante de um espelho, a mulher disse:

— É preciso mais paciência para perceber os sinais da vida.

Os olhos do velho fazendeiro brilharam novamente. Sim, era isso mesmo!

— Você é a melhor mulher do mundo, Carmelita!

Totalmente satisfeito, puxou a mulher no mesmo instante e dançou com ela a valsa de sessenta anos atrás, a que haviam dançado sob o som dos violinos em seu casamento. Mais de 60 anos ouvindo aquelas maravilhosas palavras saídas da boca da mulher que amava, Antônio finalmente compreendeu o que elas queriam dizer.

No dia seguinte, Antônio Poeta Poente morreu. Foi encontrado com aquele estranho sorriso no rosto, na mesma cadeira que ainda se balançava quando a mulher o encontrou. No funeral, ela não chorou, mas comentou com quem foi visitá-lo ainda diante do caixão aberto:

— Ele bem que andava estranho…

Até o enterro ser finalizado, choveu incessantemente. A vida tem dessas.

QUEM NÃO TEM CÃO, CAÇA COM PAPAGAIO

EVANI FUMAGALLI ÁVILA

Orwell era um maltês metido à besta, cheio de chiliques que estava sempre a exaltar sua origem, com aquele seu tedioso discurso:

— Apesar de meu pequeno porte, minha ascendência é extremamente grandiosa. Provenho de uma linhagem de cães de companhia da região central do Mar Mediterrâneo, adorada pelos egípcios e pela aristocracia, eternizada nas telas de Goya, Monet e Renoir — inflava o peito, alegando ser de Aristóteles a primeira denominação, em latim, da sua linhagem, a *canes malitenses*. — Mas como é de se imaginar, reles pulguentos, sei que não devem ter conhecimento sobre minha descendência milenar. Definitivamente uma afronta!

Vivia confortavelmente no prédio da sede da Alexandria Livros Ltda. Em suas atividades matinais com Virginia, sua dona, Orwell resumia-se à pompa. Conforme relatos do peludo, ela lia para ele e foi assim que adquiriu sua educação de excelência. Desses relatos, tenho embrulhos no estômago até hoje, mas eles me foram muito úteis. Acreditem!

Um dia chegou à livraria um best-seller. A capa trazia um cãozinho de olhar meigo, porém, segundo Orwell, abobalhado. Era Marley, lembram? Nosso maltês sentiu sua existência afrontada. Imaginem sua repulsa quando Virgínia leu o livro para ele. Relatam que seu focinho empinado não foi visto por alguns dias.

O "adorado dos egípcios" bolou um plano para eliminar o causador de sua ruína, mas foi aí que ela começou. Urinou em todos os livros do cão mais amado da ficção. Creio que ele nunca veio a saber da existência do filme depois, ou teria uma síncope.

Para seu azar e minha sorte, estávamos fadados a nos conhecer. Quem diria que seria por suas "mijadas fora do penico"? Mesmo derrotado, Orwell adentrou a sala com tamanha presunção que me causou náuseas. Nossos donos conversavam enquanto ele me olhava com desprezo. Ele não via necessidade de se comunicar comigo, uma espécie inferior, entretanto, vocês sabem, um narcisista é sempre um narcisista. Um dia a vaidade lhe passa a pata!

Disse a ele ser impossível um maltês tão pequenino ser detentor de alguma erudição. Não demorou muito e ele foi só eloquência. Quanto a mim, fui só ouvidos, bico calado. E assim conheci os grandes personagens da literatura mundial. O mais apavorante, confesso, foi "O gato preto", de Poe, que fez minhas penas tremerem. Foram várias noites sem fechar os olhos direito.

Ao fim do útil falatório do peludo, dei início ao meu plano rumo ao mundo das celebridades. Afinal, uma papagaia, devidamente instruída, inspirada no mais autêntico carioca da gema, o Zé Carioca, não deveria ficar no anonimato, sem deixar de considerar a história "das espécies inferiores". Isso mexeu com meus brios. Na manhã seguinte, antes mesmo de Pedro sair, abri o bico:

— Sabia que em um dia assim, de chuva fina, aconteceu o enterro de um autor defunto?

Espantado, ele foi até a gaiola. Um veterinário foi contratado para atestar o meu intelecto. Vocês tinham que ver a cara dele! A notícia se espalhou. Minha hora havia chegado. Fui convidada a dar inúmeras entrevistas. Vocês devem ter assistido! Minha maior realização foi sair na capa da Caras; deu até um friozinho na barriga. Como não sou boba nem nada, exigi um Viveiro Bragança Play Maxi, um luxo! Com escada no teto, praticamente uma cobertura, sem as portas, com direito a voar, além de uma alimentação equilibrada, pois tinha que manter a forma, é claro!

Orwell, sentindo-se traído, agiu. Foi até um beco da cidade encontrar-se com o bichano mais apavorante das redondezas. Vocês imaginam aquele esnobe por lá? Eu soube que o meu fim havia sido selado com fracionadas porções de atum.

Certa noite meu algoz adentrou pela portinhola da cozinha. O covarde maltês ficou atrás do sofá enquanto o bichano ameaçador fazia seu cerco. Que falta faz uma porta nessas horas! Conforme ele se aproximava, minhas penas tremiam mais e mais. Entorpecida com o bafo do felídeo, congelei. A imagem do gato na parede e a do salivante bichano tornaram-se uma só. Finalmente consegui falar, saindo daquela letargia momentânea:

— Ora, deve ser um dos meus fãs! Você agendou? — exclamei, olhando para o sofá.

O bichano esbravejou:

— Agendei o seu fim, sua aplumada tagarela!

— Ora, felídeo, mas toda condenada tem direito a um último desejo, não é?

Desconfiado, balançou a cabeça positivamente. Então, continuei a falar:

— Mas antes quero saber seu nome, bichano.

— Me chamam de Caolho, o temível!

— Calúnia! Analisando-o daqui, parece-me tão simpático com esses bigodes longos e asseados!

-Vai fazer o desejo? — bradou, impaciente.

— Calma, só desejo contar uma história.

— Que seja! Desembucha!

— Já sei. Tenho uma perfeita, "As mil e uma noites". Acredite, vai adorar! Era uma vez...

Orwell, derrotado, saiu de seu esconderijo com o rabinho entre as patas. E a quem interessar possa, estou bem. Foi só um susto!

Quanto ao "temível Caolho", está sempre por aqui. Diz não conseguir ficar longe da minha voz melodiosa. Pasmem! E pelo que soube do nosso esnobe maltês, finalmente teve uma síncope.

TENTE PEGAR A SUA NUVEM

JAQUELINE DE SOUZA PINHEIRO

O sino da igreja badalou às 16 horas num dia ensolarado de primavera. Mais uma missa tinha início, essa em particular era uma última homenagem a um ente querido que falecera há dez anos completos. Os familiares se reuniam todo o ano na mesma data para comemorar um aniversário e lembrar de uma morte. Contraditório, mas com significado especial para cada um deles.

A garota que fazia aniversário estava estranhamente mais calada que o normal; tentava, com todas suas forças, lembrar-se do rosto do avô que já não via há uma década. Sem sucesso, pois o tempo levava embora cada lembrança que um dia havia partilhado com aquele seu herói de botas e chapéu. Não havia muitas fotos dele que mostrassem, com clareza, a sua face; só uma pilha de papéis que amarelaram com o passar dos anos.

No final das orações, eles se retiraram da igreja e voltaram para o ar condicionado dos seus aconchegantes carros a caminho de um sítio monótono no interior, onde nem o sinal de internet era capaz de chegar. Outra tradição, voltar ao lugar que o avô mais amava e fazer uma festa lá mesmo, entre grandes cercados de gados e uma velha casinha que se mantinha notoriamente "de pé". Com janelas e portas verdes, em meio a paredes de tábuas amarelas, à sua frente, também era visível uma imponente churrasqueira de tijolos vermelhos.

Assim que a garota com os cabelos amarrados em um deselegante coque desceu do carro, passou quase despercebida pelo amontoado de familiares que se reencontravam e colocavam as suas conversas em dia. Ela seguiu em direção a uma pitangueira que ficava junto à cerca de arame que há muito tempo servira para manter os animais presos. Agora estava vazia.

Foi quando, ao longe, enxergou um senhor andando com uma bengala preta, apoiando-se com extrema dificuldade. Sentiu empatia quase que imediatamente, mas não foi preciso ir ao seu encontro; foi só esperar que ele chegasse mais próximo dela. Todavia, não parou. Ao contrário, ele passou pelo portão de madeira, abrindo e atravessando-o. Para sua grande surpresa, ele se virou para a garota e sorriu.

— Você não vem? — Ela olhou ao seu redor como se precisasse de uma confirmação para saber se era mesmo com ela que ele estava falando. Confusa, mas curiosa, seguiu ao lado do senhor de bigode e cabelos brancos, usando uma camisa de botão azul sem mangas.

— Onde o senhor está indo?

À frente deles só era visível uma grande colina com um vasto tapete de grama e uma subida quase que impossível de ser feita pelo senhor. Ele parou e olhou para ela com um sorriso ainda maior.

— Vou pegar aquela nuvem — apontou para as nuvens que pintavam o céu por trás do mais alto barranco.

A garota ficou meio sem entender e começou a se preocupar com o velhinho. Era possível que ele tivesse algum tipo de doença que afetasse a sua racionalidade?

— Desculpe-me, senhor, está perdido? Eu posso chamar alguém que o leve para casa — disse, preocupada, enquanto tentava seguir o velho o mais rápido que podia, já que ele se mostrava com muita disposição e passos ligeiros, não mais necessitando do auxílio da bengala que trazia na mão.

— Eu moro por essas terras desde muito novo. Jamais me perderia no meio delas, Ienifer — a garota recuou ao som do próprio nome.

— Como sabe quem sou?

— Como poderia não saber? Você é filha dos Speranza... Vi os carros chegarem à fazenda.

Ela pensou por algum tempo como se tentasse recordar o nome dos antigos vizinhos, mas nenhum senhor lhe veio à mente. Ele se lembrava dela, então, achou uma grosseria mostrar que não se lembrava dele e continuou a segui-lo pelo extenso gramado acima.

— Sabe que não pode pegar aquela nuvem, não sabe?

— Mas é claro que posso pegá-la — insistiu o velho ainda com um sorriso no rosto e uma tranquilidade reconfortante. — Você não acredita, vou lhe mostrar, Ienifer.

Ela deu de ombros e sorriu. Aquilo seria, de certa forma, divertido, mesmo que, no fundo, ainda guardasse uma pontada de preocupação em relação à saúde mental do pobre senhor.

— Está vendo aquelas pombas? São bonitas, não são? — perguntou o velho já na metade do caminho.

— São bonitas mesmo, mas o esquilo, na árvore ao lado, é ainda mais interessante.

— Realmente é um serzinho muito interessante. Assim mesmo como você disse.

Dessa vez, a menina sorriu abertamente e, num piscar de olhos, já estavam lá no alto da colina. As horas passaram como se estivessem voando e o sol já vinha se recolhendo, deixando uma bela vista à sua frente.

— Parece que o senhor não vai conseguir pegar a nuvem — disse, apoiando-se ao lado do senhor na longa cerca de madeira, apreciando o horizonte.

— Olhe garota, você não entendeu absolutamente nada, não foi?

Ela o olhou espantada. E ele continuou:

— Eu peguei várias nuvens pelo caminho.

— Como assim? — perguntou a menina.

— Use as nuvens como um paradoxo da realidade literal para um escape das preocupações. Elas são aquilo que a levam a pensar coisas boas e manter as esperanças, mesmo que tudo pareça impossível. — Ele deu de ombros e levantou a bengala em uma das mãos, imitando alguma dancinha indecifrável a qual tirou mais um sorriso dos lábios de Ienifer.

— Ainda não entendo o que quer dizer com isso.

— Você estava desanimada, não estava? E agora está sorrindo. Isso não foi divertido?

— Sim, eu...

— Então você também conseguiu pegar a sua nuvem. Pense sempre que, por mais difícil que seja o seu dia, por mais enfadonha que a vida pareça ser, sempre vai haver uma nuvem no céu e você sempre pode tentar pegá-la. Pense nela como a esperança em um dia ruim, a risada num momento triste, a vitória depois de muitos obstáculos... A nuvem é aquilo que todos precisam ter de vez em quando.

Ienifer entendeu e assentiu, virando-se para ver o último raio de sol tocar a terra.

— Então, minha neta, sempre que tudo parecer não ter sentido, olhe para cima e procure a sua nuvem.

Rapidamente Ienifer, assustada, virou-se à procura do senhor. Mas não o viu em lugar algum. Escutou os gritos dos primos perto da casa, chamando-a, esperando que ela descesse e se juntasse a eles.

Ela olhou outra vez ao redor e gargalhou. Com toda certeza, ela tinha pegado várias nuvens.

E você, já tentou pegar a sua nuvem hoje?

O CORPO

AXEL MOSTARDEIRO SCHNEIDER

Dia de céu azul, com sol de primavera e poucas nuvens. Pinheiros e eucaliptos rodeiam a paisagem. A imagem é de uma cena bela e natural, com um riacho que segue por muitos metros dentro da mata de uma grande e antiga floresta. Observando atentamente aquele calmo e límpido riacho, nele se pode ver algo inesperado e enigmático.

O corpo de um homem, aparentemente jovem, com roupas e sapatos sociais, flutua sobre a água. Não há ninguém por perto, nem sinal de algum agressor. Assim, no sentido do riacho, o corpo segue. Um túnel, com formação natural e entrada com pouca vegetação, permite que o corpo passe por dentro e o atravesse. Próximo às residências de uma cidade do interior, no outro lado da margem, o falecido, após um longo caminho, continua a ser levado pela força d'água.

Nesse dia, alguns jovens brincam sem grandes preocupações. Um deles percebe algo vindo pelo riacho abaixo e chama a atenção dos demais. Eles correm até a margem para ver com mais calma. Com medo e pavor, todos do grupo observam e confirmam que há alguém morto ali. Alguém que, de maneira trágica, surge num dia normal de suas vidas. Saem correndo, em busca de ajuda e chamam, o mais rápido possível, as autoridades locais.

Os policiais chegam ao perímetro do achado e iniciam os procedimentos de retirada do corpo. No local, a detetive Sandra procura atentamente sinais de violência e outros indícios que reforcem a investigação. Notadamente, o corpo apresenta três buracos feitos com tiros à queima-roupa.

No instante da perícia, um grupo de repórteres chega ao local, perto o suficiente para filmar o rosto do infeliz falecido. A reportagem é transmitida ao vivo na TV. Um dos telespectadores é o médico conhecido dos moradores da cidade.

Na cena, a detetive identifica o corpo como sendo do Dr. Manoel que, aparentemente, havia sido assassinado há poucas horas. O que mais intriga a especialista é que ela conhece aquelas marcas de tiros. Após o processo operacional padrão de identificação e inspeção do local, a equipe prepara a retirada do homem e o levam para o necrotério para melhor avaliação do óbito.

O doutor Manoel assiste ao noticiário e fica perplexo com o que os seus olhos veem. Rapidamente, assustado ao ver seu próprio corpo e seu rosto na tela da televisão, sai de seu consultório. Ondas intensas de pensamentos confusos e, ao mesmo tempo, avassaladores, dominam sua mente e iniciam um processo de tentativa de entendimento daquela cena tão bizarra.

De imediato, ele chega à delegacia querendo respostas para algo inconcebível. Desperta, assim, intrigante curiosidade nas pessoas, a ponto de o segurarem na entrada do prédio policial. A detetive Sandra se aproxima do tumulto; ao ver o doutor, chama-o para uma sala da delegacia. Ela suspeita que o desaparecimento de algumas pessoas, de tempos em tempos, esteja relacionado com o caso do Dr. Manoel em especial.

A detetive procura conectar informações dos últimos óbitos em sua investigação. Alguns casos ocorridos há centenas de quilômetros de distância da cidade. Entretanto, todos têm um ponto em comum, mortes por cortes precisamente cirúrgicos. Ou seja, são incisões em regiões específicas do corpo, as quais fazem a vítima sangrar lentamente sem poder se mover.

Depois de se acalmarem, compreenderam que não fazia sentido uma pessoa tão semelhante ao Dr. Manoel, pois o próprio estava ali, vivo na delegacia e perplexo com a similaridade.

Algumas horas de interrogatório e algumas verificações técnicas. O doutor é liberado sob proteção policial.

As semanas passam entre casa e trabalho e vigia a todos os envolvidos no caso dos desaparecimentos e de uma morte bizarra. A detetive percebe que as mortes horrendas, que vinham acontecendo, cessam tão logo têm início as escoltas do doutor.

Manoel, o doutor, cada vez mais, sente-se pressionado a sair e ter a liberdade de fazer o que sente prazer, mas não pode sem pensar no melhor momento para executar o seu plano. Precisa sair do consultório como um simples civil, mas a detetive está cuidando pessoalmente do caso e o acompanha de perto.

Certa tarde, Manoel sai escondido do prédio e caminha em direção à antiga floresta, local do crime. A detetive, em seu calço, segue-o e o vê entrando na mata. Ela, muito hábil, não é notada. Na trilha fechada, segue os seus passos que a levam até o córrego subida acima.

Falando sozinho, ele continua sem perceber que está sendo seguido. A detetive ouve seus bramidos, confessando seus próprios assassinatos e a falta que sente de ver o sangue pingar.

Sandra sabe que a morte daquele sujeito semelhante a Manoel está relacionada. Ele para de caminhar e olha para o riacho à sua frente. Nesse instante, a detetive confronta-o e aponta a arma para o assassino doutor sanguinário, para que ele confesse seus crimes perversos.

— Ouvi os seus atos. Agora é hora de você se entregar. Deite-se no chão e coloque as mãos para trás.

Perturbado com seus próprios demônios, ele admite que sente sede de sangue e, com um bisturi, parte para cima de Sandra. A detetive não hesita e atira três vezes em seu peito para que seu coração não tenha nem chance de bater novamente.

Ela conhecia aquelas marcas de tiros à queima-roupa, pois sabia que eram de sua própria arma de fogo. O homem leva os tiros e cai dentro do córrego, sendo levado pela água. Carregado túnel adentro, o corpo passa por baixo deste, e a detetive o procura do outro lado para que possa tirar o corpo do córrego e chamar sua equipe. No entanto, quando ela se aproxima do pequeno túnel, não o vê mais. O corpo não está mais ali. Apenas tem a certeza de que está morto.

A CHUVA NÃO VEIO

L. YANA L. MARTINEZ

Ela olhava atentamente a menina. Escutava tudo o que lhe contava com a calma que só aquelas que se dedicam à maternidade podem ter.

— A chuva não veio, sabe? Brincamos sem nos preocupar. Estava quente, e a terra, cada vez mais seca. Minha boneca tem a cabeça de alho, mas é linda. O sol ardia, minha irmã ria, meu avô mirava. Papá vendeu a bicicleta. Eu fiquei triste, mas esqueci. Eu tinha uma boneca. Minha irmã, às vezes, chorava, mas do peito da mamã já não vinha nada. Mamã chorava mais do que ela. Quando viemos pra cá, foi porque Papá foi mandado embora. Parece que não trabalha mais naquele prédio azul perto de casa. Não sei o que ele fazia. Eu e minha irmã passávamos o dia brincando. Mamã passava roupas para uma senhora estranha que aparecia na porta. Não, não aqui, na nossa casa, na nossa antiga casa. Agora, estamos no campo, mas não tem campo, só terra. Areia tinha pra todos os lados. Os pés do meu avô já iam ficando laranja como a terra. Papá achava que, logo mais, o velho ia se fundir a terra. Meu avô mirava longe por longas tardes; ficava sentado na cadeira de palha, com furo no meio, à frente da casa. Essa casa era azul que nem o prédio onde Papá trabalhava. Papá não trabalha mais lá. Nina, minha boneca, tinha um pano que, um dia, tinha sido azul na cabeça. Meu corpo está ali. Aquele outro é da minha irmã.

Ao lado de uma casa pequena e feita de pedaços de madeira entremeados estavam três almas femininas. Uma mulher alta e bela e duas meninas. Era possível ouvir o silêncio da seca. Um silêncio tão profundo que fazia o cheiro da terra e da pele queimada ser quase insuportável. De dentro da casa, ouvia-se um choro feminino entrecortado por gritos. Essa era a mãe.

Um homem velho estava de joelhos do lado de fora. Seu rosto era laranja como se tivesse escolhido se camuflar com o ambiente. Aos poucos, ele pegava punhados de terra e os colocava na boca. Esse era o avô.

As crianças não o enxergavam, porque a moça bonita se esforçava para que não olhassem as atitudes dos adultos. De nada adiantava aquelas pobres almas tomarem agora conhecimento da angústia dos adultos, menos ainda do seu remorso.

O pai dava voltas ao redor da casa. Não chorava. Não falava. Caminhava olhando os pés e mordia o lado interno das bochechas. Nem sangue aplacava sua sede. Estava em desespero. Ainda estava em desespero. Estava em desespero desde o momento em que teve que retornar da cidade à casa de seu pai com as mãos cheias de nada. Quatro grandes mãos cheia de nada e quatro pequenas mãos cheias de ingenuidade e uma boneca com cabeça de alho.

Aquele local era um lugar de abandono. Entre muitas secas, pessoas abandonaram o povoado. O pai havia abandonado não somente o povoado, mas também seus pais. Agora restava apenas um vivo. Também lhe restava aquela casa, a seca e a pobreza que tanto menosprezara na juventude.

Logo que chegaram, trouxeram consigo a chuva. Parecia sinal de boa vontade dos ancestrais. Ele, a esposa e o pai correram para semear a terra. Pelo menos, esperavam ter ali o que comer, mas nem a boa vontade dos ancestrais pode dissolver o mal que o homem causa à terra. O deserto crescia, pois eles mesmos, os ancestrais, haviam maculado seu bem precioso. Então a chuva parou, a terra rachou e nada podia ser feito.

Duas noites antes, haviam recebido a visita de um velho que morava numa casa próxima. O homem, intrigado com as meninas, disse que havia um jeito de trazer chuva para todos. Era coisa muito antiga, porém muito poderosa. Disse também que eles precisavam honrar os ancestrais. Explicou que não chovia ali, porque, há muito, já não havia crianças. Os ancestrais teriam ficado felizes só de vê-las, por isso a chuva dos breves dias. No entanto, isso não seria o suficiente. Os ancestrais certamente demandavam mais. Estava claro! Demandavam sacrifício. Fogo.

A mãe chorava e gritava e grunhia. Por dezoito meses, seu ventre cultivara "desfuturos". O marido prendeu-a à cama com uma corda e levou as meninas. Sobrava-lhe a boneca de alho. As meninas tinham um nome para ela, mas a mãe não lembrava. Quando havia importado, não se deu ao luxo de saber o nome da boneca, pois passava os dias lavando e passando para a dona de um bordel de brancos. Levaram as suas meninas. Ela ouviu choro e gritos. Ouviu o estalar da madeira em contato com o fogo. O cheiro de carne queimada causava dores em seu ventre; seu útero se retorcia.

O avô comia terra, pois era terra o que merecia. No fundo, sabia que a chuva não viria, mas deixou que o ritual acontecesse. Em seu íntimo, havia uma vontade de punir o filho pelas injúrias do passado, pelo abandono e pelo desamor. Havia também um pensamento pequeno de que duas bocas a menos era melhor do que duas a mais. Todavia, isso antes, não agora que os corpos ardiam, ainda mais sobre o sol. Comia terra, pois era seco o seu coração e deveria ser seca a sua morte.

Contudo, a moça bonita sabia que a terra não mataria o avô. A moça era, de fato, muito bonita, alta, mulata vestida de amarelo e coberta de ouro.

— Não podemos ir pra casa? A casa da cidade? — perguntou a menina.

A moça bonita sacudiu a cabeça. Com um olhar calmo, abaixou-se e pegou a menina mais nova no colo e estendeu a mão à mais velha.

— Não? Posso levar Nina comigo?

A moça não respondeu. Então a menina pegou a sua mão.

— Tudo bem...

As três almas caminharam em direção a Leste, porque se a chuva é incerta, o sol teima em nascer todos os dias. E os mortos sempre caminham para o seu renascer.

AS AVENTURAS DO MOSQUITO LUY

ANGELA MARIA PALOSCHI

Olá! Eu sou o mosquito Luy. Sou muito magrinho, tenho olhos grandes e pernas compridas. Minha boca possui um bico para sugar o sangue gostoso de pessoas como você que está lendo este texto.

Claro que faço o maior sucesso entre as fêmeas que brigam para ficar comigo. Em noites de lua cheia, coloco meu terno branco e saio voando pela madrugada. As gatinhas, digo, as fêmeas, soltam gritos de alegria e voam ao meu lado, jogando todo charme para chamar minha atenção. Faço de conta, então, que não as vejo, engano-as com piruetas no ar e me salvo. Sou muito novo para compromissos amorosos. Como dizem meus pais, primeiro estudar, trabalhar e ser responsável. Depois, namorar.

Moro em uma casa confortável, no sótão da morada de uma família. Nessa morada, tem muito verde, muitos animais, muita natureza preservada. Às vezes, eu me aventuro e saio voando junto com meus amigos para observar melhor o lugar onde vivo. Ah! Existe também um lago com vários peixes e patinhos que nadam o dia inteiro. Realmente é um lugar muito bonito e muito bem cuidado.

Agora que foram feitas as devidas apresentações, vou contar uma das minhas grandes aventuras.

Certa vez, estava eu a vagar pela madrugada, procurando algum ser humano para sugar seu sangue e me alimentar, quando entrei pela fresta da janela da casa vizinha. A família, que ali morava, havia se mudado há poucos dias, e eu queria conhecer os novos vizinhos. Então, adentrei num quarto. Lá dormia um senhor muito gordo, que devia ser o pai, com bigodes grandes e enrolados nas pontas, e uma senhora, igualmente gordinha, com rolos na cabeça que era a mãe. Ambos roncavam que parecia tremer todas as paredes da casa.

Fiquei observando um pouco para escolher a melhor vítima. Mirei a ponta do nariz do velho e, voando em alta velocidade, cheguei ao meu destino. Quando sentei em seu nariz e me preparei para picá-lo, ele deu um grande suspiro e se virou. Eu fui parar no teto do quarto com o coração aos pulos. Acalmei-me e, como todo bom mosquito, não desisti e mirei para a perna gorda da velha. Ela dormia tanto que nem sentiu.

Piquei a sua perna e suguei o que pude. Só não podia imaginar que ela havia bebido vinho. Consequentemente, fiquei tonto e comecei a voar pela casa sem rumo. Perdido em meio à escuridão da noite, quase não conseguia voar. As asas pesavam. Tudo parecia se mexer, as paredes estalavam, corujas piavam, o vento batia nas cortinas das janelas, produzindo um som assustador. Parecia filme de terror. Mesmo tremendo de medo, percebi que uma menina vinha em minha direção. Parecia que estava em câmera lenta. Com os braços esticados e as mãos abertas, conseguiu me pegar. Ela ficou tão eufórica que começou a pular e gritar:

–Peguei um mosquito para o meu laboratório. Agora nunca mais vou te soltar!

Eu, claro, fiquei apavorado, debatendo-me dentro daquela mãozinha suada. Sem que ela percebesse, com toda sorte do mundo, consegui fugir por um buraquinho que ficou aberto em sua mão. Saí em disparada e fugi para casa. Ufa!! Chegando à minha casa, fui direto para minha cama. Parei com as aventuras perigosas. Desde esse dia, só pico as bochechas redondas dos bebês que dormem sem mosquiteiro.

AGOSTO

MIGUEL GOMES MACHADO

Argemiro espiou pelo vão da porta e viu o campo que parecia dançar, soprado pelo minuano gelado que teimava em não ir embora. Do pouco que sabia, lembrou-se do velho payador: "Oigalê, como é frio este tal mês de agosto!"

O arvoredo, muralha de eucaliptos que se enfileiravam nos dois lados da tosca estrada entre as casas e a porteira, retouçava num bailado desencontrado, fazendo com que cada galho buscasse seu espaço, gemendo, torcendo, quebrando. Era uma algazarra de ramos e sementes a se esparramar pelo chão batido do corredor, verde caminho de folhas soltas a enfeitar as bordas do campo, que se perdia na imensidão de um horizonte que parecia não ter fim.

— Fecha essa porta, guri! Daqui a pouco, metade da invernada se refestela em nossa sala. Já não tem lugar pra vivente, imagina se ainda temos que dar guarida ao bicharedo do campo. Ainda ontem andava por aí, rondando, aquela cadela baia que teima em pensar que é de casa. Ficam tudo alvoroçado com a ventania, e logo estão aí pela volta, como se quisessem entrar. Outro dia, até um graxaim apareceu.

O guri se levantou e caminhou até a porta, por onde o vento entrava forte, quase arrancando a velha cortina, um amontoado de remendos que escondia o encardido da parede. Por um segundo, vacilou. Pensou se fechava a porta e entrava como havia feito a vida inteira, ou se, numa coragem que nunca teve, fechava-se no lado de fora, ganhando, de vez, a tarde gelada do campo e do mundo inteiro que parecia chamá-lo.

A ventania marcava, no chão, contornos que a areia, em disparada, rabiscava emaranhados e insanos entreveros de imagens que não se explicavam, o caos desenhado ao acaso pelo vento. A correria sem sentido de folhas e entulhos nem era novidade. Cada ano tinha o seu agosto, tempo que não se ajeitava, insano e gelado.

— Tanto fechei esta porta na vida, cerrei janela, corri campo, lavrei roça, tanto tranquei esta maldita porta, que um dia me fecho no lado de fora. Junto meus trapos, esses poucos que me restam, e ganho a estrada, pois aqui só sirvo mesmo é pra ouvir e obedecer. Deve haver um mundão além da cerca de guajuvira. Lugar pra onde voa o passaredo todo que cruza por cima do eucalipto troncudo na ponta da coxilha e some, desgarrado, para os lados da banda do rio. Um dia me perco numa tarde dessas de ventania e ganho esse mundo, que pior não fica. Sempre deve haver um lugar melhor no outro lado do rio.

Argemiro ergueu as sobrancelhas surpreso, coisa que sempre fazia quando lhe mandavam, por cima, palavras demais para o seu pouco entendimento. De olho fixo no piá, ficou cismado se aquela imprecação era para ele ou contra ele. Nos últimos tempos, quase agressivo, deu para retrucar. Dorotéia nem parou o tricô. Sabia muito mais do mundo, mesmo sem conhecê-lo. Cuidou para que o marido não percebesse e enfiou um quase sorriso pelo meio dos novelos enquanto esperava o filho fechar a porta.

— O dia que esse menino pegar voo, a gente nunca mais o vê. Sai por aí, descobrindo que não somos nem metade da metade do que há no outro lado da cerca. O quanto a gente cuidou para que ele aqui ficasse vai ser o tanto quanto do longe para onde ele vai se esconder e sumir de nós. E a gente, aqui, "solita" nesta terra...

O resto ela pensou, mas não disse. Afinal, estava mais acostumada ao silêncio e sabia que o marido não entenderia mesmo, mas pensou. Pensou que a velhice é o agosto da vida, longa espera pelo fim de um vento que não termina nunca. É desconhecer o mundo, olhar o campo na fresta da porta e se esconder, do jeito que dá, desse minuano brabo que sempre soprou, mas que, a cada ano, chega mais forte, vergando o tronco que, um dia, foi nosso sustento e nossa força.

Às vezes, ela dizia coisas. Embaralhava pensamentos e ficava a divagar num devaneio sem fim. Depois, como se fosse um novelo, desenrolava ideias e tricotava, devagar e em ordem, uma a uma, as peças que sua mente criava, simples e eficientes como os trabalhos de sua mão. Às vezes, ela dizia coisas quase sempre incompreensíveis para o parco entendimento de Argemiro, que ficava ali, apenas cismando, medindo palavras que não lhe pertenciam nem ao sentido, nem ao gosto.

— Só me falta, agora, tu dizer que o guri tem asas. E se tem, melhor! Assim, cruza voando pela porteira e não deixa escancarada como na semana passada, que me custou dois dias juntando boi extraviado. Entra pra dentro e fecha logo esta porta, moloide! Ou vou ter que me levantar daqui e matar a saudade do tempo em que dois gritos e uma vara resolviam tudo nesta casa?

O guri fechou a porta lentamente, movimento que fez, mas quase não fez. Enquanto a mão executava a tarefa, obediente, o sentido ia longe, muito além da porteira. Seguia pela poeira da estrada, pela beira do rio e até pelo ar, onde o pensamento voava como naquela música que ele tão pouco ouvira, mas que tanto gostava. Girou sobre si, atravessou a sala, pisando forte no assoalho gasto de escova e sabão e ganhou o quarto dos fundos, onde passara todos os anos de solidão da pouca vida que levara. Dorotéia tirou os olhos das agulhas e ficou a pensar o quanto duraria aquela longa tarde.

— Dia como este já devia nascer noite. A gente levantava, tomava café, jantava e voltava pra cama. Não ficava aí, ouvindo a ventania e esperando notícia ruim.

Argemiro, de novo, não disse nada. Apenas se ajeitou, como pôde, na velha cadeira de balanço e ficou quieto, como a esperar o fim do mês.

Na rua, o vento parecia maior, mais furioso. Quase de costas para o corredor, nem viu o guri que saiu do quarto. Dorotéia, de frente, assistiu à passagem do que já não era um menino, era um homem e já não hesitava, apenas seguia em direção à porta, que abriu de um só golpe, segurando o vento.

— Vai aonde, o menino?

Ele fez menção de parar, mas, decidido, seguiu em frente, respondendo pelas costas:

— Vou ver a cerca da guajuvira.

Dorotéia fez que não viu a sacola que o guri levava, com as poucas posses que lhe cabiam. Algumas camisas surradas, uma calça de brim, igual às da cidade e nenhuma bombacha, porque o passado era para ficar para trás, assim como as lembranças que não haveriam de perturbá-lo.

— Volta logo, já é tarde!

Antes de fechar a porta, dessa vez, quem sabe com uma certa doçura, respondeu:

— Sim, com certeza!

Argemiro, balançando na cadeira, sequer percebeu o que acontecia. Era apenas mais uma tarde de agosto, fria e ventosa. Dorotéia sacudiu a cabeça lentamente. A longa noite estava apenas começando.

O ENCONTRO DE ÉRICA

MARIA CAROLINA MINOR CONCI

Do alto dos seus 1,70 de altura, longos cabelos pretos, olhos claros e um daqueles sorrisos que se destacam na multidão, Érica chegou aos trinta anos com um desejo enorme de conhecer a si própria e o mundo. Após o término de seu relacionamento, não pensou duas vezes em tirar aquelas férias que já estavam vencidas na Revista em que trabalhava. O destino da viagem ela já havia escolhido, iria conhecer a Itália.

Algumas pessoas a alertaram sobre os mais diversos perigos que, por ventura, ela se depararia ao longo da viagem. Sonhadora e determinada, não se deixou influenciar quanto aos perigos de mulheres viajarem sozinhas. Sempre muito bem informada, tinha plena consciência das dificuldades que poderia encontrar ao longo do caminho, mas, com a coragem que herdara de sua mãe, partiu em direção ao desconhecido como havia desejado fazer anos antes, quando mais nova.

A imensidão do mundo sempre fez os olhos de Érica brilharem. Leitora voraz, devorava os livros não somente pelo prazer que a leitura lhe proporcionava, mas pela oportunidade de conhecer tantos lugares e vivenciar tantas situações sem sair do lugar. Por um longo período, viajar através da leitura foi suficiente, porém ela desejava mais, e o desconhecido sempre atraiu sua curiosidade. Inquieta, ela viu, nessa oportunidade, a chance de abraçar e desvendar o que considerava impossível.

O dia da viagem chegou. Érica sentia aquela excitação única que mantinha sempre que vivenciava algo pela primeira vez. Aquele friozinho na barriga gostoso que há tempos não experimentava.

Já na sala de embarque, começou a folhear um livro que havia levado consigo. Devorou-o durante aquelas duas horas de espera até o embarque.

O voo havia sido tranquilo. Conheceu algumas pessoas que também estavam indo para Roma. Logo que chegou ao seu destino, Érica saiu para conhecer a cidade. Guardou o mapa na mochila e foi fazer o que mais desejava: perder-se pelas ruelas da cidade antiga.

Roma era tudo o que ela havia imaginado e muito mais: uma cidade repleta de história; vida e agitação na medida certa; um museu a céu aberto repleto de encantos e novidades.

Érica saiu para desbravar a cidade. Nas suas andanças, esbarrou pelo bairro Trastevere. Sentou-se em um café e bebericou um *Aperol Spritz* em sua própria companhia, o que foi se repetindo ao longo dos dias de sua estada na Itália. Ela viajara disposta a viver novas experiências, experimentar novos pratos, beber novos drinques e ousar nos *looks*. Da mesma forma, olhar para o céu sob um novo ângulo, contemplar pores do sol em lugares diferentes e caminhar sozinha até altas horas.

Ao passo que realizava tudo o que desejava, Érica descobriu uma nova paixão. Não, ela não havia se apaixonado por outro alguém. Estava apaixonada por si mesma e por aquela fração de mundo que passou a conhecer.

Apaixonou-se pelas linhas de expressão que começaram a dar as caras, pelas gordurinhas a mais que outrora lhe incomodara, pela sua própria gargalhada que, um dia, chegou a considerá-la escandalosa demais. Apaixonou-se por um prato de pasta com molho vermelho. Apaixonou-se pela estrutura colossal do Coliseu, pelo silêncio, pela conversa aleatória com um senhorzinho, proprietário de uma loja de queijos, pelos cheiros, por sorrisos bobos, por olhares curiosos.

Ao longo da viagem, ela foi se deparando com pessoas do mundo todo. Aprimorou seu inglês, aprendeu algumas palavras em italiano, trocou sorrisos, gentilezas, abraços, telefones e Instagram. Conheceu pessoas que tinham amor à vida, algumas que estavam em busca de um amor na vida e algumas que estavam desistindo da vida. Assim, fez novas amizades, novas experiências, novas memórias.

De emoção, chorou ao perceber a importância daquela experiência para a sua própria vida. Ela compreendeu o que estava escancarado. Ela era dela mesma. Pertencia ao mundo e à vida. Não a alguém.

Nessas trocas de experiências, nessa viagem tão esperada, Érica encontrou novos significados à sua vida. Ela se reencontrou e, com isso, descobriu que não é necessário estar com alguém para ser plenamente feliz, basta estar em paz consigo mesma.

ESTRELA CADENTE

KEYLA LIEBEL

Era noite de luar e eu me sentei ao relento na sombra da janela do meu quarto a refletir sobre minhas decepções amorosas e minhas desafeições. O silêncio estava de acordo com meu estado de demência, e a brisa me acariciava levemente. Distante da civilização, uma névoa pairava sobre os carvalhos na colina, e o sol já havia se encaminhado para o ocaso.

Encostei-me sobre o vão da veneziana e fixei o meu olhar na imensidão celeste, com nítidas estrelas luzindo em volta da lua, ocasionando o despido do crepúsculo que mostrava uma variação infinitamente brusca de cores gradientes entre o azul do dia e o escuro da noite. Ao passo que minhas inquietações sobre o destino se revoltavam, marcavam-se as constelações do zodíaco, mal eu acreditasse nele.

Era um momento de dúvida que me causava um vazio profundo no peito. Naquele instante, o imensurável desânimo marcava o tamanho da minha limitação cósmica. Se há algo que me deixa cética é a maneira de lidar com meus sentimentos. Não os sentimentos comuns, acometidos pelo acaso do cotidiano, mas aqueles que despertam algo a mais e fazem com que se precipitem reações.

Junto aos meus olhos tristonhos, eu observava a conjuntura de toda realidade placidamente imprevisível. A solidão fria da escuridão revelava a verdadeira existência da translação. Nunca fui de desistir facilmente das coisas, nem mesmo temia os obstáculos. Ao contrário, valorizava-os. Contudo, naquele momento me senti um pontinho em relação ao infinito. Inconformada com o incerto e interrupto fluxo do destino, tornara-se plausível aceitar que o silêncio conduzisse a minha própria consciência.

Passei alguns longos minutos desfrutando das trevas, quando observei, ao longe no horizonte, algo que resplandecia com um brilho forte e luminoso, atenuando a minha solidão. Fixei-me naquele deleite. Deveras, fechei os olhos e, por um instante, fiz replicar a vontade de tê-lo ao meu lado, acariciando a incompreensão do amor verdadeiro.

Aquela presença única fazia com que o meu pranto e o desalento diminuíssem na existência do meu ser. Senti-me amparada, acolhida por um abraço fraterno e celestial. E o desejo de senti-lo junto a mim se concretizou quando, de imediato, suas mãos tocaram as minhas, e o caminho tênue e enigmático da floresta, que levava à colina, tornou-se claro, mostrando as deslumbrantes vistas noturnas.

Ao pular o pequeno riacho que cortava a estradinha do vilarejo, um enxame de vaga-lumes nos deixou certos do destino que pairava à frente, movido por uma densa névoa que encobria as copas das árvores. Estas zelavam o ninar dos pássaros canoros e guardavam espaço, entre alguns galhos ocultos, para o cintilar malicioso e penetrante olhar das corujas entrelaçadas pelo feitiço da escuridão. De repente, um pio intrigante indicou uma armadilha escondida no solo, onde algumas folhas mesclavam subitamente um buraco oculto. Assim como me deparei com aquilo, rapidamente fui amparada pelo meu guia.

No estridular dos grilos ao sussurrar dos ventos, que cortavam o carreiro estreito e curvado, pairavam vistosas damas da noite sobre os ramos rasteiros. Sem saber direito qual caminho seguir dentre uma encruzilhada, com o pensamento ao alto, comecei a pedir a mim mesma para que todas aquelas forças ligadas ao cosmos me fossem úteis naquele momento. E abrindo espaço entre as espessas camadas de névoa escura que cobriam o firmamento, logo surgiu uma nebulosa colorindo o relento de fragmentos interestelar com uma poeira em tom de lilás e pontos brilhantes. E lá estava ela passando e iluminando nossa rota.

Era uma subida íngreme, e a brisa que se fazia presente em nosso semblante tornara-se agradável de acordo com o esgotante percurso. Entretanto, a beleza contida em cada pequeno detalhe fazia tudo valer a pena.

Quando chegamos ao pico da colina, com os carvalhos enfileirados formando um fechado arvoredo, deitamos em seu entorno. Então, de mãos dadas, senti-o junto a mim, contemplando o luar e desfrutando aquele corpo quente, que abriria um vínculo entre o nosso afeto e a vastidão das estrelas. Passei um longo tempo prazerosamente acolhida pelos seus braços, apenas sentindo.

Engano! Quando abri os olhos, ela não estava mais lá, havia sumido, deixando apenas um leve esboço no céu, cintilando de acordo com o estatelar das minhas pálpebras. De certo, a mim restou a insolente ilusão do desejo a fitá-lo em meus olhos.

Ao passar das noites, vejo-me ancorada naquela janela, a esperar que a estrela passe para poder investir todo meu desígnio naquele brando sentimento. A solitude parece uma doença incurável, pois, enquanto suga todo nosso intelecto sadio, corrói-nos por dentro. Talvez seja uma extensão biológica agendada há séculos que, por gerações, vem amaldiçoando as minhas células. Ou, talvez, eu seja um protótipo que a lua mandou à Terra para viver apenas a admirar os luzeiros, equivocando-me nas extensões da noite.

VERMELHO TOMATE

ALBERTO MARQUES DE MEDEIROS NETO

Seus olhos arderam diante daquele tom vermelho que cobriu a sua vista. As risadas invadiam a sua mente. Ele, desorientado e tropeçando nos próprios sapatos de bico largo, caiu com o rosto colado no assoalho de madeira. No entanto, o show tinha que continuar. Então, ele enxugou o salgado das lágrimas misturado ao molho rubro e, enquanto elevava o rosto para observar uma plateia que se degustava de suas lágrimas, disse:

— Bah, tá muito temperado!

E lambendo os lábios e fingindo alegria apesar de o líquido vermelho borrar a sua maquiagem, acrescentou:

— Do jeitinho que eu gosto!

As vaias que seguiram também não o intimidaram. Ele contou aquela anedota do "bêbado dançarino" e ouviu de alguém da plateia:

— Conta aquela do palhaço patético! — E foi o seu fim.

Ele se viu em silêncio no meio da piada como se tivesse levado uma picada de abelha (alérgico que era).

— Você acha que é fácil — disse, em resposta ao estranho que sequer conseguia localizar naquela sala pequena, mas escura de bar —, ficar aqui me expondo apenas para tentar fazer você rir?

Assim, mais uma noite terminou e ele voltou para casa de ressaca moral, imaginando se adiantava seguir aquele caminho.

Seu apartamento era tão pequeno que, apesar de sua baixa estatura, ele precisava se agachar. Foi imediatamente ao banheiro se encarar. O rosto sempre cuidadosamente pintado, maculado com aquele tom vermelho. Aos poucos, ele retirou a camada de tinta, revelando o humano por detrás do artista. Lembrou-se de que a sua mãe, como toda boa genitora, elogiava a sua aparência.

Na adolescência, ele costumava ser um rapaz alegre que ria dos próprios problemas, até que surgiu um que lhe quebrou o sorriso perpetuamente. O seu palhaço, então, virou um personagem realmente caricato do jeito que Jeannine gostava — faz o Poncho — pedia e ele imediatamente a atendia, pintando o rosto com tinta acrílica e sorrindo torto. Entretanto, agora, o que ela acharia do Ponchito que se tornara um palhaço patético exatamente como se referiu o desconhecido?

Ele tirou a roupa, ligou o chuveiro e, enquanto aquela água fria envolvia o seu corpo, lembrou-se da última vez em que viu Jeannine. Era uma noite fria, chuvosa e eles discutiam. Não se lembrava exatamente das palavras usadas por ela, apenas do seu rosto angustiado. Ele sabia que não adiantaria contar qualquer piada, pois não iria provocar nela aquele mesmo sorriso de tantas vezes. E nunca mais soube dela. É engraçado como um "até logo" pode soar como um "adeus". Talvez não fosse engraçado, mas ele, como palhaço que era, nunca perdia a oportunidade de contar uma piada mesmo que fosse para si.

Quando se deitou na sua cama, envolvido pelo lençol, foi como entrar em uma lona de circo. Em seu sonho, ouvia as pessoas conversando ansiosas pelo seu número, escutou o anfitrião devidamente caracterizado com um terno desbotado anunciar:

— Com vocês, o filho de Pirro, nosso querido Ponchito!

Orgulhoso de si, avançou e reverenciou o seu público que o recebeu aos aplausos. A cada piada que proferia, ouvia o som alto das risadas tão escandalosas que chegavam a balançar o picadeiro. Elas se misturaram aos aplausos no instante em que ele, usando de muita habilidade, pôs-se no ar feito um ginasta fingindo estar tonto de bêbado. No entanto, quando foi executar o salto novamente, a lona se rompeu. Nesse instante, ouviu apenas o som de rasgar. Foi quando percebeu o buraco que fizera em seu lençol enquanto dormia. O despertador ainda não apitara. Apesar do sonho bom, ele não tinha mais vontade de dormir.

Saiu da cama e começou a sua rotina. Ensaiava as falas com o rosto já maquiado à frente do espelho, treinando, ao mesmo tempo, as caretas. Um palhaço precisa ter os músculos faciais tão elásticos quanto uma massinha de modelar. Fingiu um sorriso. Na verdade, há tempo não abria um sorriso que não fosse mecânico, mas sentia tamanha satisfação em seu trabalho que, apesar de tudo, de todos os tomates, não conseguia se imaginar em outro papel.

— Tomate faz bem pra pele! — disse e, com a cara marcada de vermelho, repetiu à parca plateia daquele mesmo estabelecimento que, dessa vez, riu. Pôde, então, prosseguir com as suas anedotas, porque, até mesmo para ele, a vida se tornara dramática demais.

PELO SONHO É QUE VAMOS

BRENDA DANIELA DA SILVA

Antonietta estava desolada após a morte de seu pai. Já tinham se passado meses, mas ela ainda não conseguia seguir em frente. Seus olhos lacrimejavam e revelavam a tristeza profunda que, no âmago da sua alma, permanecia quase imutável. Ela bem que queria superar aquilo e viver algo novo, mas não conseguia. Todavia, como forma de conforto e consolação, agarrara-se demais às lembranças.

— Venha Antonietta, vamos passear um pouco!

— Não estou a fim; pode ir sozinho Miguel.

— Mas irmã, você precisa ocupar sua cabeça e correr atrás dos seus sonhos. Você é talentosa e muitas portas se abrirão para você.

— Não, eu não quero mais nada. O que de bom pode me acontecer ainda? Perdemos alguém que tanto nos amava. É difícil! Às vezes, sinto-me à deriva, sozinha como um barco, no meio do oceano, mesmo com pessoas ao meu redor.

— Você não precisa se sentir assim; tem um amigo que sempre está com você.

— Obrigada Miguel!

A jovem menina ficou relutante quanto ao que tinha escutado de seu irmão, mas, mesmo assim, por um momento, permitiu-se viajar nos sonhos passados e trouxe à tona o antigo desejo de, um dia, tornar-se uma escritora reconhecida.

Então, pegou o notebook para tentar escrever alguma história, nem que fosse um trecho curto de como estava se sentindo, quando percebeu um novo e-mail na caixa de entrada.

— Miguel... Você não vai acreditar na novidade que tenho para contar!

— Diga-me; estou curioso. Só não me diga que arrumou um namorado.

— Que nada, é muito melhor do que isso! Eu fui aprovada na universidade que eu esperava e minhas notas foram excelentes.

— Parabéns, Antonietta! Estou muito feliz por você! Eu sabia que você conseguiria. Com certeza, o papai estaria muito orgulhoso de você.

— Obrigada, Miguel! Agora preciso começar arrumar minhas malas.

— Mas tão rápido assim? Antonietta, você sabe que o momento não é dos melhores. A situação com a mamãe está difícil. Ela precisa de você.

— E a universidade precisa da minha confirmação. Eu me esforcei tanto para isso; foram noites mal dormidas, dias de trabalhos e de estudos puxados. Não posso abandonar meu sonho de um futuro melhor.

— Eu sei, mas você não pode pensar só em você, Antonieta.

— É sério isso, Miguel? Você quer me fazer desistir de um sonho que tenho desde adolescente?

— Não, eu só quero o melhor para todos, pense nisso, irmã, pense na nossa mãe. Alguém aqui, nesta casa, tem que trabalhar, e você é a irmã mais velha. Eu estou desempregado, e a mamãe está sem trabalhar há meses, porque teve que cuidar do pai.

— Eu sei disso, Miguel, mas eu não tenho culpa. Você já está bem grandinho. Vá procurar o que fazer e faça o papel de homem da casa, por favor!

— E você, pare de ser mimada e encare logo essa dor. Há meses que ele se foi e nada vai voltar a ser como era.

— Eu não preciso ouvir isso de você, Miguel, logo de você. Achei que estava do meu lado para me apoiar. Quando finalmente encontro uma esperança que me dá vontade de viver todas as coisas que a vida tem a oferecer, você joga um balde de água fria em cima de mim. Poupe-me, por favor!

— Irmã, eu a amo, mas você precisa saber que eu também estou doente. Só não contei nada para a mamãe, pois não quero levar mais preocupações a ela.

— Uau! Eu não esperava por isso, meu irmão. Realmente não esperava. Eu sinto muito!

— Então, você precisa decidir se vai ficar conosco ou se vai partir rumo ao desconhecido, para uma cidade longe da nossa, em um lugar que você não conhece nada e ninguém. Pense nisso, irmã, e faça a sua escolha com sabedoria. Sei que você fará a escolha certa.

— Sim, Miguel, eu sei e decidi seguir inspirada em "Pelo sonho é que vamos", de Sebastião da Gama, que diz o seguinte:

Pelo sonho é que vamos,
Comovidos e mudos.
Chegamos? Não chegamos?
Haja ou não frutos,
Pelo sonho é que vamos.

Basta a fé no que temos.
Basta a esperança naquilo
Que talvez não teremos.
Basta que a alma demos,
Com a mesma alegria,
Ao que desconhecemos
E ao que é do dia a dia.

Chegamos? Não chegamos?
-Partimos. Vamos. Somos.

MY DARLING

CAROLINE LUCENA

O vento passa ternamente pelas cortinas e pousa no tapete, levantando uma pequena e esquecida nuvem de poeira. Amanhã cuidarei disso. Já são quase seis horas, compromissos mais importantes se aproximam. As roupas exalam um perfume delicioso no jardim. O forno logo emitirá que a mesa deve ser posta e apenas o silêncio é meu companheiro nestes poucos instantes até que Joan acorde. No quarto, Lassie provavelmente deve estar com os pés levantados, grudada ao telefone há quase duas horas. Deixou uma revista na poltrona, seu velho sinal de que "necessita, com urgência, de um vestido novo". A folha dobrada de "Ladies' Home" indica qual modelo suas amigas, em breve, estarão comentando: um amarelo, com estampa xadrez e duas fitas de cetim a combinarem com os babados. Da janela, observo Prudie na calçada, seguida de seus três rebentos saltitantes; o feitio despreocupado, quase tolo, de quem parece guardar um pedacinho de torta para mais tarde. A maior fatia, entretanto, não é sua.

— Mamãe! — meu silêncio foi interrompido pela voz de Lassie.

Quase posso vê-la arremessando a lixa de unhas, enquanto se indaga, diante do espelho, onde deixara os sapatos de ocasiões. Logo estará descendo a escada. Eu direi que o par se encontra no baú, exatamente onde tinha procurado, mas não enxergou. Vai enrubescer e lhe entregarei o vestido já pronto e ajustado para a noite de hoje. As mãozinhas efusivas, acompanhando gritos de contentamento. Ela então me esquecerá, retornando para o quarto em busca de seus laçarotes e demais apetrechos... Um choro me faz retroceder tais aforismos e, por um segundo, as demandas de Lassie terão de ser negligenciadas. Oh, céus!

Chego ao quartinho cor-de-rosa. Joan acordou, esperneando pelo seu direito de atenção. Tomo-a nos braços e, imediatamente, uma lembrança me acorre: há 23 meses, naquele cômodo, precisamente na mesma poltrona, eu me indagara sobre o tamanho dos sapatinhos que logo teria que tricotar (e de qual maneira faria isso). "Precisa aprender logo!", minha irmã sentenciava. Eu, cheia de sacolas, novelos e agulhas longuíssimas, dirigia, às terças, o velho conversível, rumando para o clube "Mamães de Baltimore", onde adoráveis senhoras ensinam a habilidosa arte de dobrar toalhinhas e quais os melhores alvejantes para fraldas de recém-nascidos.

No último semestre, mal podia me sustentar sobre as pernas. Contudo, insistia em prosseguir no maravilhoso conjuntinho branco de algodão em que Joan, nesse minuto, acabara de vomitar.

— Mãe, cadê você? — Lassie, outra vez, chama do andar inferior. — Preciso de meias novas!

É claro que precisa.

— Já vou, meu bem.

O tricô é seguido pelas vigílias, pelas bolsas de leite e pelas longas conversas na fila do mercado. As mesmas circunstâncias se repetem no espiral do imprevisto que a vida quase sempre faz prenunciar por meio de remotas situações.

Nesse caso, Joan era a continuidade do enfrentado com Lassie. Quinze anos mais tarde, em outra vizinhança, outras cortinas e outros bichos de pelúcia, mas ainda Lassie, em suas roupinhas corais e quadros de Beatrix Potter. As mesmas cantigas de ninar, os mesmos soluços de consternação. Igualavam-se ainda em temperamento: ora sorriem, com a docilidade de cupidos atarefados, ora nervosas, impacientam-se com o destino que tão injusto é com suas obrigações. Olhando para Joan, sinto-me remoçada.

Desço as escadas, enquanto ela puxa meus bobes de cabelo.

— Oh, não, anjinho, não faça isso! — horas antes do jantar para recolocá-los adequadamente. — Oh, céus!

Um par de meias furado, o tule da anágua amarrotado. Encontro Lassie, com seu figurino incompleto, mascando gomas, atirada no chão. As pulseiras de pérolas falsas (ano passado perdeu as verdadeiras) e as embalagens de chicle parecendo lhe emoldurar o tímido rosto adolescente.

— Não quero ir para esta festa — declara, apática.

— Vai estragar seus belos dentes ruminando assim.

— Eu sei.

— Por que não deseja mais ir à festa? — questiono, não muito surpresa.

— Será enfadonho.

— Betsy, Donna e outras amigas estarão lá.

— Não me importa.

— Bem, a escolha é sua, mas seria uma pena desperdiçar a ocasião; sua roupa está linda.

— Eu sei — ela repete, estourando uma bola multicor.

Joan reclama sua parte na conversa. Outra vez, retira os bobes e os atira ao ar, dando uma gargalhada. Coloco-a no cercado em meio às panelinhas e coelhos de lã.

— O que aconteceu com as outras meias?

— Acho que...

Interrompe-nos o barulho do motor. Contemplo o relógio: seis e trinta e oito. Os já habituais minutos de atraso.

A maleta, o tinir das chaves, o guarda-chuva.

— Minhas queridas! — rigorosamente em ordem, Winston surge na porta.

— Papa! — Joan professa.

Ele a toma no colo, lançando-me, ao mesmo tempo, um olhar apreensivo.

— Puxa, está bem tarde!

— Sim. Está sim... — concordo, tentando disfarçar os cachos teimosos atrás da orelha.

Só então relembro-me do assado!

Chegando à cozinha, o cheiro de infortúnio já se fez anunciar: tarde demais!

Sufocada, abro as janelas e vejo a turma do colegial dobrando a esquina, no carro amarelo, que Donna provavelmente tomara à força dos pais. Três rapazes na carroceria, Kitty debruçada no para-brisa. A buzina altíssima, o suficiente para que um vulto dourado passe por mim, beijando-me ao dizer:

— Mudei de ideia.

Entre suspiros, reflito: É, querida... ao contrário de mim, você ainda tem esse direito. "Boston, 1950".

SÉRIO ISSO?

ALEXANDRE MEYR

— Meu marido anda num comportamento tão estranho...

— Sério, Clarinda? O que está acontecendo?

— Vou lhe dizer, Iramar... Depois do último dia das crianças, não sei por que ele deu pro Tulinho uma bicicleta, aquela com pedais extras para se equilibrar. Ele devia presentear o Tulinho no Natal, não agora. O Getúlio tem que se dedicar aos estudos, tem de ser aprovado para ganhar um presente daquele. Pois não vê? O Quirino anda numa esquecência de louco.

— E o que ele anda aprontando para esquecer tanto?

— Ele está é muito avoado, isso, sim. Pois não vê que uns sábados atrás ele enxotou todo mundo da cozinha? Quis preparar um risoto. Estava indo bem, limpou bem a galinha, temperou tudo direitinho, deixou fritar a carne com cebola e alho. No despejar o arroz e a água, pôs a tampa da panela ao avesso... deixou aquele puxador de baquelite para dentro da panela.

— Credo, Clarinda? E ele não viu? Vocês não viram?

— Eu digo que o homem anda meio zonzo. Sei lá o que deu nele.

— Nossa!

— Tempos atrás foi o Eliaquim quem ligou; queria saber o que andava se passando na cabeça do Quirino. Pois não vê que eles tinham um prazo para entregar uma petição no Fórum? O Eliaquim tinha ido à capital assistir a um cliente no Tribunal de Justiça, e o Quirino ficou responsável por apresentar a defesa nem sei de quem ali na sede da Comarca... Pois não vê que meu marido esqueceu do bendito papel? Quem salvou ele, no último minuto, foi um estagiário. Ele tinha visto aquela papelada em cima da mesa do Quirino... O pobre coitado perdeu a aula naquele dia porque perdeu o horário do ônibus. Ele viu os documentos, sabia da questão. Lembrou-se do tal do prazo, pegou tudo aquilo... ainda bem que, pelo menos, os dois sócios tinham assinado... Levou correndo ao Fórum.

— Será que seu marido está doente? Não é melhor levá-lo consultar?

— Umas três semanas atrás, ele se vestiu para sair. Só depois, foi tomar café. E olha que ele costuma tomar café antes de se arrumar para ir ao escritório. Sempre se preocupou em não derramar na camisa, mas veja se ele está batendo certo! Foi à cozinha, pegou o saleiro e sampou duas colherinhas na xícara...

— Clarinda, alguma coisa está acontecendo com o seu marido. Vocês agendaram um especialista para ele?

— É... esses dias, acho que, se eu bem lembro, foi semana passada, ele até começou a fazer o certo, bebeu o café e se aprontou, calçou os sapatos, pegou aquele calhamaço que ele sempre carrega com algum livro e saiu. Não demorou muito, a secretária do escritório ligou, quis saber se o Quirino estava bem, pois tinha, nos pés, pares trocados dos calçados, um marrom, outro preto. O Dininho teve de sair do trabalho, vir para casa, pegar um dos sapatos certos e levar para ele... Vai que o Quirino tivesse que ir ao Fórum pela manhã. Como ia ser? Ao meio-dia, o Aldino falou que, quando chegou lá, viu o pai todo descabelado no serviço...

— Cruzes, mulher! Vocês têm que perguntar a ele o que está acontecendo. Vocês não se atreveram a questioná-lo?

— Pois não vê!? Na segunda-feira passada, foi a Nelinha quem se apavorou. Ele foi levá-la à escola e seguiu por um trajeto que ele não costuma passar. A Adrianel me disse que, depois, de repente, teve que dar um grito para o pai... Não vê que o homem entrou pela contramão numa rua? Quase pecha noutro carro.

— Clarinda, acho que o seu esposo precisa ser internado num hospício. O que vocês acham?

— Sei eu o que se passa com ele, Iramar! Quero ver só o que vai ser neste Natal. Já anda trocando "boa tarde" por "boa noite".

É o que ele vive dizendo à Nicinha... Quando é manhã cedo diz "boa noite" para todo mundo. Nem "bom dia" ele fala mais... Acho mesmo que ele está precisando de umas boas férias, foi o que a Eunice sugeriu.

— É, eu comentei com o Jocelmir... Meu esposo também acredita que o Quirino merece uns dias de descanso. Aproveitem juntos, afinal, aproximam-se o Natal e as festas de fim de ano. Os tribunais fazem recesso neste período. Quem sabe, vocês tomam o rumo da praia. Que tal?

— Iramar, deixe-me contar a novidade...

— Oi, Clarinda, como passaram as festas? O Quirino melhorou?

— O homem enlouqueceu de vez...

— Nossa, o que houve, vizinha? Internaram o Quirino?

— Viajamos para o Natal, você bem sabe! Pois não vê que ele deu presentes de montão para todo mundo?

— Ué... mas ele não estava doente, meio tantã da cachimônia?

— Disse ele que, antes do final do ano, recebeu uma tal de "incumbência"... Pois não vê que ele fez estacionar, na frente da casa da praia, uma Van, essas camionetas que carregam um monte de mercadorias; estava cheia de pacotes de presentes.

— Salvou-se o Quirino, então?

— Ele falou... se eu bem entendi, ele falou que ganhou de um tal "Nono Horário" um montão de dinheiro ali em dezembro. Comprou presentes para toda a família e ainda sorria a todo instante porque sobrou um bocadão.

— Que beleza, hein? E o que ele deu para cada um de vocês?

— Ah... dessa vez, ele não trocou as bolas, Iramar. Deu presente certinho para cada um de nós. Olha só a vida como é...

FIM DE MUNDO

MARIA DO CARMO MANZKE RODRIGUEZ

Carlos estava completamente perdido, no meio da madrugada, provavelmente pegara a estrada errada. Não deveria ter viajado à noite, mas precisava sair de casa naquele momento, antes de cometer uma loucura. Só queria ir embora, deixar sua vida pra trás. Estava num lugar ermo, no meio de coisa nenhuma. Olhou para todos os lados e viu que, um pouco mais distante, havia uma casinha no sopé do morro. Pegou a lanterna e resolveu bater lá a fim de conseguir alguma informação.

A porta estava aberta; achou meio estranho pelo avançado da hora. Focou a lanterna, estava tudo um caos: jornais e revistas pelo chão, louças quebradas. Viu que havia duas poltronas vermelhas desgastadas, uma mesinha de centro com um guardanapinho de crochê e, em cima, um vaso com flores de plástico. Tinha um copo vazio com resto de alguma bebida. As teias de aranhas se enrolavam por tudo, tinha que desviar delas.

Continuou entrando na casa, viu que tinha o que deveria ser um quarto à esquerda e, no final da construção, uma cozinha. A primeira coisa que viu foi louça suja na pia e baratas passeando por cima. Mais adiante, no fogão, uma panela destampada. Quando a iluminou, levou um susto, uma ratazana arreganhou os dentes. Carlos recuou e ela saiu em disparada. Na mesa, no meio da cozinha, tinham pratos com resto de algo que um dia deveria ter sido macarrão com molho, mais um copo só que caído com um líquido vermelho esparramado.

Continuou procurando. Resolveu verificar o quarto. A porta estava entreaberta, empurrou-a devagarinho, defronte a ela, a cama de casal revirada. Quando iluminou melhor, viu muito sangue.

Havia sangue também nas portas dos roupeiros, na cômoda, no criado-mudo, nas roupas espalhadas pelo chão. Fechou a porta com força, voltou pela cozinha e saiu para o pátio.

Olhou para um lado e para outro e se deparou com algo grotesco: dois zumbis caminhando desengonçados em sua direção. Começou a correr para os fundos que dava numa horta. Pulou por cima das hortaliças, dos legumes, porém, ao olhar para o outro lado, viu mais três no seu encalço. Tornou a correr e o desespero só aumentando.

Procurou uma saída. Viu um portãozinho de ferro, correu, abriu e levou outro susto: tinha uma cova aqui, outra acolá. Era um cemitério, que horror! Como é que, nos fundos de uma casa, tem uma coisa como esta? Olhou pra trás e viu os mortos-vivos com seus lamentos e se apavorou. Pensou: "Para aonde agora?"

De repente, enxergou um muro. "Vou pular", pensou. Ele tremia de medo, pois não sabia o que iria acontecer depois daquele muro. A terra estava molhada, a lua cheia iluminava os túmulos, havia uma névoa invernal em tudo. Ele queria gritar, mas sabia que não podia fazer isso, sob pena de atrair os seus perseguidores. Via rostos disformes, pessoas caminhando sem rumo. Tinha que pular o muro. Era isso, ou iria ser devorado pelos zumbis.

Agarrou-se no muro, mas era muito alto. Cada vez que tentava subir, acabava escorregando. Foi quando olhou para uma das covas e viu alguém que se agarrava e começava a sair. Paralisou. Das outras covas também emergiam cadáveres. Ele queria gritar, mas sabia que não podia fazer isso, pois atrairia os seus perseguidores. Para qualquer lado que corresse era só zumbi. Queria chegar até o carro, fugir dali, mas não enxergava uma saída.

De repente olhou para o lado e viu um monte de pedras. Pegou algumas e começou a atirar, com força, para o lado oposto onde estava. Deu certo, todos tomaram a direção do barulho. Carlos se virou e começou a correr. Correu como nunca, atravessou o portão, passou pela casa e voou até o carro. Abriu a porta e se sentou.

Quando ia girar a chave, sentiu uma dor forte no pescoço. Virou-se. Seus olhos arregalaram. Sua cabeça caiu, e a buzina começou a tocar. Sol de primavera.

CICATRIZES

ELENICE SZATKOSKI

Ester chegou ao centro do penhasco e olhou a profundidade. Teve uma leve vertigem e um frio percorreu sua espinha. Dirigiu seus pensamentos para o dia seguinte e retomou a caminhada rumo à sua casa. Pensou alto: "Vai que hoje Pedro muda seu comportamento! Mesmo assim, estou cansada."

Enquanto caminhava, seus pensamentos foram para longe. Lembrou-se de Dona Helena que a orientava e sempre reforçava a importância dos estudos. "Se tivesse seguido o que ela dizia. Ela era como uma mãe. Dizia para mim que não gostava dos assédios de Pedro, pois eu tinha 15 anos, e ele, 40. Na verdade, o que eu queria era alguém para me 'amparar'".

A vida não era fácil para a família. A mãe Madalena criara Ester, a irmã gêmea, Edith, e o irmão Antônio, sozinha, humildemente e sempre com otimismo. A casa onde viviam era de madeira, simples e de poucos cômodos; tinha um fogão a lenha que a mãe conseguia aquecer a casa e cozinhar com lascas de madeiras que coletava nos arredores.

Antônio era revoltado, vivia metido em encrencas e fora preso algumas vezes. Dona Helena enviava as roupas dos filhos para as crianças de Antônio. Agora estava solto. A irmã gêmea tinha os cabelos loiros, a pele clara e as maçãs do rosto rosadas como as de Ester. Elas viviam juntas e conversavam muito. A irmã era feliz, bem "amparada", tinha duas filhas lindas e um marido bom.

No entanto, a vida não estava fácil com Pedro. Nas madrugadas, ele ficava bebendo, usando drogas e, quando chegava à sua casa tarde, alcoolizado, espancava Ester. Estava insuportável para quem queria ser cuidada e "amparada". Afinal, ela não tivera uma figura masculina positiva em sua vida, portanto, não tinha referência.

Apesar disso, chegou à sua casa com a esperança e, como cristã, com fé, de que Pedro mudaria. Contudo, as mesmas coisas de todas as noites se repetiram. Quatro anos vivendo em um ambiente doentio de alcoolismo, de drogas, de violência. Ester decidiu, então, que não passaria do dia seguinte. "Basta!", concluiu.

Com uma noite mal dormida, o rosto pálido, um pouco sem equilíbrio, machucada, levantou-se, penteou os longos cabelos loiros e lisos. Olhou Pedro que dormia. Olhou no relógio e viu que eram seis horas da manhã, tinha neblina, um típico dia de outono. Abriu a porta e, antes de encostar, deu a última olhada para o interior da casa. Não chaveou e não levou a chave. Lembrara de colocar a identidade no bolso e, com passos firmes e decididos, seguiu rumo ao extenso penhasco. Como tinha analisado, sabia que não precisava de maior profundidade. Chegou e andou até um ponto mediano, subiu e se jogou.

Depois de alguns dias, Ester acordou no hospital. Perdera um rim, quebrara costelas e sentia muita dor. Viu sua mãe, Madalena, chorando ao seu lado, e seu irmão, Antônio, com afeto, segurando a sua mão direita. Muita dor! Canos, tubos, sondas, respirador... "O que é tudo isso?", pensou.

Com o pensamento confuso, começou novamente se lembrar de tudo e percebeu que não tinha morrido. Ester foi socorrida com vida, sua queda fora amortecida pelos galhos das árvores e pelos pneus que estavam jogados no local. "O que fiz?", perguntava a si própria. "E agora?" Mexeu as pernas... "Sinto minhas pernas. Vou poder andar!" Em seguida, adormeceu.

Dona Helena, quando avisada do ocorrido, foi ao hospital chorando. "O que sua menina tinha feito!" Chegou e encontrou Antônio sentado na parte externa do hospital, sentindo uma grande revolta contra Pedro. Recebeu o conforto, o abraço e as palavras necessárias para pensar em Ester.

Helena chegou ao quarto, rapidamente entrou e ouviu Ester, com muita fraqueza, dizer:

— Deveria ter lhe escutado, mas o amor não é racional. O amor é emoção e a razão não tem entrada quando a emoção está falando mais alto.

Madalena também não se conformava, pois apoiou e abençoou a união de Ester e Pedro. Queria que as filhas não sofressem como ela e desejava que Ester fosse "amparada" por um homem bom.

Dias e dias se passaram. Pedro não teve coragem de ver a esposa no hospital. A culpa tomou conta dele. Sentiu-se responsável pelo ocorrido com Ester.

Todavia, quis a vida que, depois de curada e com a irracionalidade do amor, voltassem a viver juntos. Finalmente Pedro mudara. Ester teve que passar pela dor mais profunda para ver a mudança do esposo. Ela confiou na terapia, no tratamento e, tempos depois, veio a notícia de que teriam um filho.

Ester teria razão para viver. Um filho! Novamente aquela sensação de frio percorreu sua espinha. "O que faria? Como cuidaria de uma criança se fora tão desiquilibrada e tinha tomado uma atitude drástica?" Ficou com medo, mas sabia que teria que enfrentar seus monstros internos e externos e criar o filho.

No entanto, as cicatrizes da alma e do corpo sempre abrem, aumentam ou procuram novos espaços para novas marcas. Soube que sua mãe, Madalena, estava com câncer terminal. Então, dedicou-se à mãe e cuidou dela até a sua morte em poucos meses. Seu irmão, Antônio, voltara para a prisão e precisava olhar pelos filhos dele. Dessa vez, ele ficaria mais tempo, fora condenado por tráfico de drogas.

No simples sepultamento de sua mãe, conseguiu permissão para seu irmão acompanhá-las. Antônio retornou à prisão após abraçar longamente Ester e Edith. Não perdoara Pedro pelo ocorrido; sentia rancor e mágoa pelo sofrimento da irmã.

Não menos de um mês do passamento da mãe, o filho de Ester e Pedro nasceu. Saudável. Lindo. E a vida de Ester ressurgiu. O filho era tudo. Sua "tábua de salvação". Sua irmã, Edith, fora a madrinha. As sobrinhas estavam felizes com a vida renovada da tia. Seguir em frente era a melhor opção.

Estavam tão envoltos com tantos desafios e problemas que não perceberam a doença de Edith, uma depressão avassaladora. Edith se mostrou forte em todos os momentos. Havia suportado tudo desde a infância pobre, a tentativa de suicídio de Ester, a morte da mãe, porém a prisão do irmão fora insuportável para ela. Assim, numa manhã, jogou-se do prédio onde trabalhava.

Edith deixava o marido que a amava e suas filhas. Ester, que se achava a mais fraca, tornou-se a mais forte, cuidando de seu filho e tirando tempo para olhar as sobrinhas. O suicídio da irmã fora muito doloroso. Ao longo da vida, as cicatrizes abrem, fecham, ressurgem e novas marcas são geradas.

Dona Helena, quando cruza o caminho de Ester, revive essa história. Quando conversa com Ester, percebe a força que emergiu de uma pessoa que tentou tirar a vida. Deus não quis! Deus foi amortecendo sua queda. Deus tinha outros planos para Ester e, sábio como é, precisaria de Ester. Ela caminha com suas cicatrizes no corpo e na alma, mas como uma mulher guerreira, com passos firmes e decididos no comando de sua vida, sabendo que somente ela poderia se auto-amparar. Empoderou-se.

ALICE NO CAMINHO DOS HOMENS

JEFFERSON COSTA JUNIOR

Os ponteiros já gastos do moderno relógio pendurado na parede branca da sala de audiências marcavam os números 8 e 10 (8h10min). Nada ocorria sem a presença do juiz, mas corriam os olhares sagazes e de indignação das pessoas presentes das partes envolvidas no processo da menininha órfã, Alice, de cinco anos de idade.

De um lado, um grupo de parentes queria a internação de Alice em hospital psiquiátrico para deterem os direitos de herança da órfã. O outro, pedia a guarda da menina e a garantia de todos os direitos patrimoniais da menor, guardados em juízo até ela completar sua maioridade (18 anos).

Em meio ao silêncio daquela sala adormecida no tempo, as paredes sentiam os números do relógio correr, já eram 8h20min quando, subitamente, um homem trajado de capa preta entra por uma porta anexa da sala, quebrando o angustioso silêncio ao dizer:

— Bom dia!

Todos respondem:

— Bom dia, Excelência!

Enquanto o estenotipista liga seu maquinário registrador de falas, o homem de preto abre a sessão:

— São 8h25min da manhã, de 29 de fevereiro de 1980, sexta-feira. Iniciamos a sessão para tratar do caso de pedido de tutela da menor Alice, de 5 anos. Em contraponto, parte dos familiares alega a insanidade psíquica da menina, pedindo o direito de curatela total para gerir seus bens. Pergunto aos advogados constituídos pelos requerentes se existe algum acordo entre as partes envolvidas.

Freneticamente, os advogados respondem:

— Não, Excelência!

— Sendo assim, eu, Gideão da Cruz, Juiz de Direito desta Comarca, peço aos advogados que apresentem suas provas e testemunhas.

A advogada que defende o direito de curatela apresenta um laudo psiquiátrico, informando que a menina Alice sofre de perturbações psíquicas, a tal ponto que nem fala.

Sob gritos de indignação, a outra parte diz que é mentira.

— Mentira nada! Está aqui o laudo do médico — retruca outro familiar.

O alvoroço é formado, e das línguas parentais, farpas se espalham na atmosfera da sala, esquentando aquele ambiente familiar tão frio. Gideão, em sabedoria, deixa o clima esquentar mais um pouco, observando os ânimos de cada um.

Às 8h45min alguém adentra no fervoroso recinto, pede licença e retira o seu chapéu. Nesse instante, Gideão bate três vezes seu malhete na mesa, pede silêncio e pergunta ao homem:

— O que o senhor faz aqui?

O homem, modestamente, diz:

— Sou a testemunha da pequena Alice e vim dar meu depoimento, se for a vontade de Vossa Excelência.

Os familiares ficam paralisados, sem saber quem havia chamado aquele desconhecido para depor. Os advogados se olham e nada dizem, esperando a definição do juiz que se pronuncia:

— Como os advogados não se opuseram, pode dar seu depoimento, senhor.

O homem se posiciona no meio da sala e começa a falar:

— Conheci Alice numa noite de carnaval no ano de 1975, quando os corpos apaixonados de seus pais se entrelaçaram em momentos de amor e prazer e, assim, fecundaram o óvulo que recebeu Alice, por sinal um anjo da casa do Pai. Durante os nove meses de gestação, os pais de Alice, diariamente e muito apaixonados, conversavam amorosamente com ela, projetando um futuro maravilhoso para aquela menina que, sem dizer uma palavra, ouvia tudo no ambiente quentinho e seguro do ventre materno. O pai, de mãos calejadas pelo trabalho honrado, acariciava Alice, passando a mão na barriguinha de sua amada esposa, e Alice respondia por sinais. Nove meses depois, todos os familiares se amontoavam na sala de espera do Hospital de Caridade para o nascimento de Alice. Rompendo as expectativas de todos, uma enfermeira surgiu com um tipo de embrulho no colo anunciando: "Alice chegou e com muita saúde! Venham vê-la!" Todos correram, cercando a enfermeira que trazia aquela linda menininha com o corpinho enrolado em panos cor-de-rosa. Seu pai, muito emocionado, ao ver aquele corpinho tão frágil e inocente, deixou lágrimas escorrerem pela extensão de seu volumoso rosto. Todos estavam felizes. Alice cresceu sendo muito amada por todos os familiares e seus pais davam asas aos sonhos dela. O tempo foi passando, e os pais de Alice trabalhavam mais e mais a cada dia, enquanto a convivência com a adorável Alice foi ficando para os finais de semana, feriados e férias. Eis que num dia de extremo cansaço e desencanto, a mãe de Alice partiu para outro plano dimensional. Todos os familiares ficaram muito abalados com o falecimento da mãe da Alice. O marido entrou em depressão como se nada mais fizesse sentido nesta vida, assim como a pequenina Alice que ficou sem a sua amada e protetora mãezinha. O tempo passou e o pai tentou contornar a depressão, recomeçando uma nova vida. Enquanto isso, os sonhos da pequena Alice foram sendo apagados, esquecidos no tempo. Todas as noites, Alice pede ajuda, mas apenas o Pai ouve sua voz: "Santo anjo do Senhor, meu zeloso guardador... guarde a minha mãezinha contigo, diz pra ela que eu a amo muito, que tenho muitas saudades, saudades dela me abraçando, esfregando o meu narizinho com o dela, saudades dela me beijando, saudades dela arrumando o meu cabelo, dizendo que estou muito bonita como uma princesa. Diz pra ela que eu amo muito o papai, mas estou triste com ele. Ele não me cuida mais como antes, não me dá colo, não me abraça, não me beija na cama antes de dormir; ele não me entende. Estou tão triste que não tenho mais a vontade de falar. Por favor, Paizinho do céu me ajuda, eu quero ser como a minha mãe, quero ser linda e feliz".

Soluços e muito choro quebram o silêncio da sala. O pai chora compulsivamente, expulsando seu sentimento de culpa e sofrimento em cada gota de lágrima caída no chão branco da sala. Já de saída, a testemunha coloca o seu chapéu e diz:

— Deixem a vida viver nas águas mansas do amor, respeitem a vontade da pequena Alice e ela está aqui entre vós.

Os ponteiros marcavam 9h9min, quando o juiz pergunta ao modesto homem:

— Quem és tu?

Serenamente, o senhor retira o chapéu da cabeça, vira-se em direção a todos e diz:

— Sou o emissário da luz que ilumina o caminho dos homens, a verdade, a vida. Agora, dê o veredicto.

O CESTO E A GAIOTINHA

ILÍRIA FRANÇOIS WAHLBRINCK

Um cesto simples, redondo, de tamanho médio e trançado de vime escuro, encostado, cumpria sua função num canto qualquer dentro da casa, na casa em que a gente vivia. O mistério de sua origem, talvez, o meu/nosso pai consiga ainda resolver: "Quem o trançou? Como à nossa casa chegou?" Teria que perguntar para ele responder. Era ali que se colocavam roupas que deviam ser lavadas, pois não se lavava roupa todo o dia na casa em que a gente vivia; pra isso o cesto servia e sua função cumpria.

A gaiotinha, de madeira, em outro canto permanecia, no lado de fora da casa. Na casa em que a gente vivia. Tinha quatro rodas, também de madeira e um puxador que, do jeito que foi feito, permitia que duas crianças a conduzissem, morro acima e abaixo. Foi construída pelo pai e seu pai, meu/nosso avô e, ao lado do forno de barro, em que gatos de minha/nossa mãe dormiam, ficava ela encostada, descansando de brincadeiras e lidas, no fim da tarde, nas tardes de não todos os dias. Também ali, Floqui, cachorrinha em preto e branco se aninhava e seu soninho dormia na casa em que a gente vivia.

Às vezes, a gaiotinha saia e a gente ia junto, cabelos trançados ao vento, em estrada de chão vermelho até a cabana do Nego Miguel e da Nega Maria, à beira da estrada, em um retiro: era casa de chão batido, lugar em que a gente ia, em visitas que a mãe fazia, nos dias em que o pai saia, em campanhas de vacinação pela então Inspetoria.

Nega Maria era quem, lá em casa, ajudava enquanto a mãe se recuperava de mais um filho parido. Nego Miguel era amigo que, na volta de bebedeiras, entre risadas e brincadeiras, passeava lá por casa.

Em dias de chuva e de barro, era tradição, a gente se dependurava na janela e gritava: "Nego Miguel! Nego Miguel!" até que ele vinha, com seu riso desdentado, entregar balinha de hortelã como se fosse (e de fato era!) grande feito à realizar. Certa vez em que, nessa espera da janela, meu/nosso irmão Paulinho caiu, enlameando-se no chão de chuva molhado, lembro-me que a mãe, sempre severa, com esse tombo levado, não xingou, mas sorriu. Talvez fosse porque, em dias que o pai se ausentava, ela cuidava da gente e da Nina que nada comia e, saudosa do pai, um potinho de feijão pra ele escondia, na casa em que gente vivia.

A cabana, espaço à beira cravado, em espaço retirado, era lugar pra mãe tomar mate doce com a mãe do Nego Miguel e da Nega Maria. Enquanto elas conversavam e riam, a gente gritava e corria, em volta das bananeiras e, depois, esbaforidas, em risos se deliciava e, de quebra, ainda comia bolinhos de fubá com Rosa, moça com nome de flor, única Rosa que a gente conhecia, entre as pessoas com quem convivia, irmã da Nega Maria.

Rosa não era como as outras meninas, nem mesmo como a Nega Maria que também era diferente. Rosa era mais diferente, se é que entendem o que quero dizer! Possuía diferenças, nas quais, além da cor, carrega-se outra, com nome de dor, que faz com que não passe a infância mesmo deixando de ser criança.

Um dia pariu um bebê que poucos dias viveu. Afogou-se ele num balde e, no esquife, havia algo que muito nos surpreendeu: sobre os olhos do pequenino, em seu leito derradeiro, duas moedas de cruzeiro. Serviriam para pagar o balseiro? Nosso pai, então motorista, levou o corpo e sua família ao entorno da cidade, num cemitério de beira, onde se podia enterrar, assim de qualquer maneira, aqueles que, em sua gibeira, não tinham além de dó, nota misturada ao pó das estradas em que comiam, dos caminhos que percorriam.

Visitas que a mãe fazia incluíam gente assim, simples, mais que nós, que vivia em lugares com cheiro e cor de fumaça, que sentava ao pé do fogo, em bancos feitos de tocos e ria fazendo graça com a vida em forma de jogo. Suas vozes mansas, ao falar em tom amistoso, combinavam com mãos que serviam balinhas, mate doce ou bolinhos; mãos de um escuro lustroso, de palma clara e brilhante que a nós impressionava, e a gente se quedava, infante, sem entender os mistérios da vida. Na vida que a gente vivia. Na vida que a gente levava. Nas mãos que a gente tocava, do jeito que convivia.

Certas vezes, cesto e gaiotinha juntos saíam, descendo a ladeira, até chegar ao "Bach da Tante Hanna", depois da cabana do Nego Miguel, da Rosa e da Nega Maria. Era lá que a mãe ia não só pra passear, mas também pra trabalhar. A gaiotinha levava trouxa de roupa no cesto e, na frente, sentadinhos, Nina e Paulinho, ainda pequenininhos. A gaiotinha, puxada por Ane e Lia, já um pouco mais grandinhas, ouvia a mãe que orientava: *Langsamm! Nicht so schnell*! E lá a gente se ia, cabelos trançados ao vento, fazendo festa num rito que, romantizado, esconde chagas de vidas sofridas que, não obstante foram, com alegria, vividas.

Nas pedras do riacho, a mãe, então lavadeira, dispunha peças, separadas por cores e tamanhos. A gente se revezava entre cuidar dos pequerruchos, no pontilhão ou na margem, e ajudar a ensaboar, com barra de sabão caseiro, as peças todas que ficavam à espera da esfregação da mãe, a vigor de seu corpo ligeiro, na habilidade de suas mãos e sua organização. De vez em quando, acontecia de a corredeira furtar uma peça, fazendo-a escorregar lentamente num doce bailado corrente. E lá íamos nós, saltitando pelas pedras, para trazê-la de volta a fim de ser novamente ensaboada e devidamente lavada. Depois da lida, sobrava sempre um tempinho pra "uns mate e uns palavreado": uma forma de cuidado pra, na volta, subir a ladeira da goiabeira. As roupas limpas, torcidas, no cesto de vime encolhidas, seriam, no varal de cerca, estendidas, sob perfume do pé de jasmim amarelo, cumprindo-se, assim em desfecho, o rito da lavadeira.

Na volta dos dias, ia o cesto a ficar no seu cantinho, mas a gaiotinha... Ah! Serviria para o transporte de crianças e gatinhos, subindo e descendo ladeiras, em cirandas e brincadeiras, em que a gente sorria, cabelos trançados a tempo, traçando elos de harmonia, na ruela da casa em que a gente vivia. Até que, por fim, ela ia ficar encostada em seu cantinho, enquanto a gente dormia na casa em que a gente vivia a sonhar um novo dia.

O MANUSCRITO DA SAUDADE

MARCELO DOS SANTOS

Gosto de observar o movimento na rua. É um dos meus passatempos favoritos junto com as músicas e os jogos de futebol que acompanho no rádio. Aprendi a saborear a vida sentado na varanda, sentindo o vento morno e os ponteiros do relógio girarem lentamente. Não tenho a mesma agilidade e lucidez da minha mocidade, mas conservo um amontoado de memórias que me fazem continuar vivendo. Os poucos amigos vivos e meus familiares me chamam de Edgar e, embora eu carregue 82 anos de vida, minha pequena neta diz que eu sou o melhor amigo dela e insiste em querer minha companhia para suas aventuras.

— Vovô, vamos brincar na casa da árvore?

A sua ingenuidade não a deixa perceber que minha idade impõe limitações, mas confesso que me esforço para ser o melhor para ela.

Os meus últimos anos se tornaram solitários, mesmo dividindo a casa com o meu filho e a alegria contagiante da minha neta. A rotina de um velho raramente é banhada por surpresas, por isso eu sempre faço basicamente a mesma coisa. Contudo, há algo especial que eu sempre dedico à minha rotina. Aos sábados pela manhã, logo depois do alvorecer, eu levo uma rosa vermelha para Irene.

A sua lápide situa-se à direita dos portões. Todas as vezes sou recebido por anjos, querubins e olhares furtivos que se apresentam em mausoléus que se avizinham ao descanso eterno da minha amada. Deixo a rosa ao lado de sua foto e, após uma breve conversa, dirijo-me, cabisbaixo, para a saída.

Durante a noite, recolho-me cedo para os meus aposentos. O ritual é sempre o mesmo, entretanto, nessa noite, não consegui conciliar o sono, pois, em minha cabeça, só vinha a lembrança dela. Com os olhos abertos, olhando para o teto, ouvindo o tilintar do relógio e o vento assoviar por entre as janelas, recordei os traços de Irene. Ora, sempre contemplei seu riso, seus olhos e seus cabelos castanhos. Sempre a amei. Todavia, assim como a vida leva muitas coisas, também a perdi.

Irene era escritora e sua distinta inteligência e aptidão para as boas maneiras faziam dela a pessoa mais importante da minha vida. Todos sabem o tamanho da dor que sinto por causa de sua ausência. Sem o calor dos seus braços, a vida perde a graça e, mesmo que eu externe a alegria pelo riso de minha neta ou pelo gol do meu time, ao final, descansando em meu leito, Irene é o motivo da minha saudade.

Chovia a cântaros na noite em que resolvi ler um de seus últimos textos. Era o último resquício do inverno, e meu coração se apresentou afogado em saudade pelas águas que caiam lá fora e pela lembrança dela. Sentindo-me atraído pela nostalgia, calcei minhas pantufas e fui até o armário. Lá, busquei, com a habilidade das oito décadas de vida, um manuscrito amarelado pelo tempo, contendo a sua caligrafia, linda e leve, revelando traços sutis de quem aprendeu que as palavras podem mudar o mundo e as pessoas. Sentei-me na cama e, com as mãos trêmulas, coloquei os óculos e estudei o texto por alguns segundos antes de respirar fundo e começar a ler:

> Como seria bom se pudéssemos voltar no tempo apenas um pouquinho. Apenas aquele pouquinho para podermos reviver. Seria bom voltar a sentir as mesmas sensações, as mesmas histórias e os mesmos risos. Sentir, de fato, o amor e os sentimentos que foram vividos e colaborados, mas as coisas nunca voltam. O tempo não volta. As horas não voltam. Os segredos e os momentos divididos não voltam. Que pena! O passado fica apenas na memória. Para todo o sempre. Porém, as coisas permanecem. Tudo. Tudo o que foi dividido. Os olhares, as

trocas de afeto, os abraços, as lágrimas que queimavam os rostos, os fortes sorrisos que faziam arder a barriga. Enfim, tudo o que nos marcou, o que nos eternizou. Ah, a saudade!

Os amigos e os amores permanecem, seus semblantes, cada gesto, cada brilho trazido no olhar, cada minucioso ar de simplicidade. Eles permanecem para sempre. A maneira de ser de cada um: suas qualidades, seus defeitos, todas as suas manias e confusões. Isso tudo vai ficar eternizado na memória. Isso é vida, isso é glória!

Um dia, quando eu estiver velha e talvez com um andar debilitado e deficiente, ainda vou lembrar. Talvez eu esteja sentada em algum balanço ou numa poltrona surrada; talvez eu esteja na cama, sofrendo para poder descer, mas ainda assim me lembrarei daqueles dias, daqueles momentos inesquecíveis. Meus filhos saberão de tudo isso, talvez até se emocionarão, mas irão gostar de saber, e aí eu me sentirei orgulhosa por ter vivido isso, por ter passado anos carregando toda essa saudade, e poder levar comigo essas coisas e lembranças, para o eterno, até o fim.

As lágrimas riscavam meu rosto calejado pelo tempo. Permaneci parado por alguns instantes, atônito, com o olhar perdido na penumbra do quarto. Ah, Irene, que saudade de você! Lentamente, deitei-me na cama e fechei os olhos. Deixei que ela viesse me beijar pela última vez. A respiração ia começar a diminuir, os músculos ficariam mais relaxados e o frio tomaria conta do meu corpo. Era o último adeus.

A PEQUENA ROSA

NINA MÜLLER

Não acredito ainda no que está acontecendo. Minha irmã, Ana Rosa, era uma garota alegre, cheia de vivacidade. Tinha 19 anos e estava feliz, porque havia passado no vestibular para cursar Jornalismo, a faculdade que tanto sonhara. E, agora, vê-la sem vida, deitada em um caixão rodeado de flores, é como se eu estivesse mergulhada em um pesadelo.

Meus pais estão arrasados. Mamãe chora desconsoladamente enquanto papai está com os olhos vidrados. Ele chorou muito ao encontrar a filha mais velha sem vida, deitada na cama, com a mão sobre o peito. Minha irmã teve um infarto fulminante e morreu dormindo.

Agora eles só têm a mim, a filha mais nova de 16 anos. Tenho tentado ser forte, por mim e por eles, mas não está sendo nada fácil. Com a ajuda de minhas primas, Tatiana e Carolina, nós estamos arrumando as coisas da minha irmã enquanto o velório acontece na igreja.

— Mari, olha este vestido que a Rosinha usou quando debutou. É lindo, né? — Tati segura o vestido de tafetá cor-de-rosa em frente do seu corpo.

— Sim, é muito bonito! — concordo, lembrando-me de como a minha irmã estava linda em sua festa. Ela era uma garota encantadora de cabelos castanhos e olhos acinzentados.

— O que vocês vão fazer com as coisas que eram da Ana? — Carol pergunta enquanto eu arrumo alguns livros dentro de uma caixa.

— Não sei... mamãe e papai ainda estão em choque. Tia Vilma pediu para que eu arrumasse as coisas dela como os livros do colégio e os de literatura. Mas quanto às roupas, eu ainda não sei — respondo desolada, sentando-me na beirada da cama.

Um livro que está sobre o criado-mudo chama a minha atenção. Não há título na capa e tampouco nome do autor. Apenas uma estrela pequenina desenhada no canto superior direito de fundo azul claro. O pequeno livro é um pouco surrado e está envolto em um laço branco de fita. Enquanto as minhas primas estão entretidas, olhando as roupas de minha irmã, eu folheio as páginas e me deparo com a caligrafia da Ana. É um livro de poemas e citações.

Lembro-me de que minha irmã adorava escrever e ficava horas mergulhada em seu mundo literário. Mamãe sempre a chamava para jantar mais de uma vez, e ela continuava absorta, escrevendo ou lendo. Ana Rosa era apaixonada por livros de romance e de poesias. Quando ela não estava no colégio estudando, estava em casa trancada no quarto, envolvida em suas leituras.

Leio algumas citações que ela escreveu sobre o amor e meu peito se aperta. As palavras são carregadas de sentimentalismo, de emoções. Parece que minha irmã conhecia o amor entre homem e mulher em sua plenitude para escrever algo assim. Ana não tinha namorado, não que eu soubesse. Sempre foi uma garota um pouco tímida e reservada e raramente saía para ir a festas.

Entre vários poemas de autores conhecidos como Clarice Lispector, Fernando Pessoa, Vinícius de Moraes, há alguns da própria autoria de minha irmã. Um em especial, escrito por Vinícius, desperta a minha curiosidade não pelo conteúdo, mas sim, pelo que o complementa no final.

Soneto de Fidelidade

De tudo ao meu amor serei atento
Antes, e com tal zelo, e sempre, e tanto
Que mesmo em face do maior encanto
Dele se encante mais meu pensamento.

Quero vivê-lo em cada vão momento
E em seu louvor hei de espalhar meu canto
E rir meu riso e derramar meu pranto
Ao seu pesar ou seu contentamento.

E assim, quando mais tarde me procure
Quem sabe a morte, angústia de quem vive
Quem sabe a solidão, fim de quem ama.

Eu possa me dizer do amor (que tive):
Que não seja imortal, posto que é chama
Mas que seja infinito enquanto dure.

Para o meu Romeu.

A dedicatória no final me deixa intrigada. Quem é esse Romeu? Eu não me recordo de Ana Rosa ter um amigo com esse nome. Eu conheço todos os amigos dela e não há nenhum chamado Romeu.

Ouço passos vindos do corredor e fecho o livro. Tia Vilma coloca a cabeça na porta entreaberta e seus olhos encontram os meus.

— Meninas, é hora de voltar à igreja — tia Vilma diz enquanto Carol e Tati guardam os vestidos no guarda-roupa.

Saímos juntas e logo chegamos ao velório. Eu avisto minha mãe e meu pai e me acomodo ao lado deles. Não sei por que, mas eu trouxe o livro de poemas comigo. Enquanto algumas pessoas prestam condolências aos meus pais, eu aproveito para lê-lo. A sensação que tenho é a de que minha irmã está presente, ao meu lado. É loucura, eu sei! No entanto, parece que posso ouvir a sua voz musical ecoar em meus ouvidos, lendo junto comigo, como fazíamos antes de dormir.

— Mariana, minha filha, você está bem? — mamãe pergunta ao limpar o nariz com o lenço e enxugar as lágrimas que caem, molhando seu rosto.

— Sim, mãe. — Eu tento evitar que fique mais abalada do que já está. Ela me abraça, beijando o meu cabelo.

O tempo passa e o velório continua. A leitura me faz companhia e tenta acalmar o meu coração. Sei que se Ana Rosa estivesse aqui, ela não iria querer me ver triste. Ela sempre irradiava felicidade e vida por onde passava e é assim que eu quero guardá-la em minha memória.

Ergo os olhos e vejo um rapaz alto, magro, de cabelos e olhos castanhos escuros se aproximar do caixão. Em uma das mãos, ele traz um botão de rosa branca; sua expressão é de tristeza. Enxugando uma lágrima que cai, o rapaz deixa a flor sobre o corpo de minha irmã morta e acaricia o seu rosto com os dedos.

— Adeus, minha pequena Rosa! — ele diz em um sussurro, gira o corpo e volta a se mover em direção à saída.

Eu me levanto e o sigo para fora da igreja. Preciso saber quem é esse moço que se referiu à minha irmã de uma forma íntima e carinhosa.

— Ei, espere! — digo, um pouco ofegante, logo atrás dele.

O rapaz interrompe os passos e se vira para mim.

— Quem é você?

Ele olha para o livro que está em minhas mãos e um sorriso triste se forma em seus lábios rosados.

— Eu me chamo Matheus, mas a sua irmã gostava de me chamar de "meu Romeu".

O rapaz volta a caminhar e desaparece em meio às pessoas que ali estão.

A FENDA E O TROVÃO

FILIPI DONATTI

Um contava até trinta enquanto o outro buscava esconderijo. Heraldo era aquele com trinta segundos de caridade para se esconder. O nervosismo nublava o raciocínio do menino e invalidou a sua intuição. A ansiedade o plantou na terra — no lugar mais assustador do mundo: onde não se sabe qual caminho tomar.

A emoção foi tão grande que o fez esquecer do tempo que corria, eis que o fez esquecer até de como correr. Qualquer que fosse a direção tomada, ele seria alcançado, caso não encontrasse abrigo rapidamente — era tudo uma questão de tempo. Enfim despertou: limpou as miçangas de gota de suor embaixo dos olhos e disparou em meio às árvores daquele bosque.

Uma das árvores se pronunciou, com sua voz muda, chamando, lá do alto, onde a luz era tão forte que escondia as folhas com o seu brilho e afogava os olhos do menino com a claridade. Ele voou para a árvore, deu a volta ao redor dela e se escondeu dentro de uma fenda no tronco. Dentro das entranhas úmidas e escuras de uma árvore — dentro daquele escudo contra o mundo, havia outras minúsculas preocupações: formigas subiam nos seus dedos, larvas e aranhas pouco hospitaleiras o encaravam. Um então minúsculo arrepio o fez mudar de estratégia, porém ele foi coberto pela pesada manta da escuridão e não conseguiu escapar do aperto.

Enquanto ele tentava apalpar uma saída desesperadamente, uma voz ressonante rasgou o silêncio:

— Irás embora?

Heraldo pasmou.

— Irás embora tão depressa, pois julgas o meu abrigo mais perigoso do que o campo aberto? Não sabes que a maior fraqueza da presa é a sua exposição? — perguntou a voz novamente.

Heraldo, se antes pasmo, agora, estava estremecido.

— Abandonarás o meu abrigo? Serás mais um a negligenciar a minha hospitalidade?

Heraldo, transtornado com a invalidez dos seus pensamentos naquele calabouço absurdo, acabou por manifestar apelos — gases — involuntários de liberdade: "PRRRRRP".

— Embora jovem, és como os outros... que vivem no jogo mortal de aparências que chamam de rotina. Não reconheces a minha hospitalidade, a minha durabilidade, tampouco reconhecerias a grandeza da minha queda, pois os que não participam do teu jogo de aparências estão fora do alcance dos teus pensamentos.

Heraldo enfim sossegou — talvez o peso de sua consciência envergonhada tenha tornado o desafio de escapar um tanto mais insuperável. A voz dissipou o fardo do silêncio constrangedor:

— Sentes desconforto aqui, na escuridão profunda, mais profunda que o poço do teu medo. Tens medos rasos. Entenda, estimada criança, se jogassem uma pedra no poço dos teus medos, ela chegaria ao fundo em menos de meros trinta segundos. Teus medos são rasos, criança, pois tuas razões tampouco são profundas. Um dia, se voltares para o bosque e me encontrares caída, com minhas raízes desenterradas, enxergarás, então, a minha profundidade. E por que preferes esconder na minha ruptura, na minha fenda, em vez de escalar a minha altura? Tão alto me elevei que os olhos dos outros são incapazes de alcançar o meu topo. Minha altura é inconquistável. Temes a minha altura, pois temes a queda! Falta-te o amadurecimento para conquistar a minha profundidade e a minha altura.

Heraldo se acomodou e tratou de prestar melhor atenção ao que a voz professava:

— Na minha solitude, alcancei, aprofundei-me e cresci. Sou uma árvore; tenho ciúmes da minha solitude que me faz crescer, quero-a só para mim. Somente ela me é fiel. Agora eu aguardo solitariamente a minha queda, com clareza e expectativa. Antes que eu caia, todavia, quero compartilhar um pouco da sabedoria das árvores: haverás de crescer somente se buscares a exuberância do que há neste céu; vide a luz que conquista tudo e a todos na superfície. Sente o vento, que conduz e entrelaça a vida, induzindo o florescimento, o amadurecimento, influenciando meus frutos de néctar agridoce. Busca a exuberância dos céus, a chuva, o orvalho e a tempestade. Busca, com maior expectativa e desespero, os lampejos. Busca o trovão. Eis que um raio me partiu: carbonizou as minhas entranhas, rompeu-me com chamas e criou, aqui, um abrigo para crianças tolas. Vide as mudas que agora brotam dentro de mim.

Heraldo, então, sentiu brotos com as suas mãos. A voz continuou:

— Sente esses brotos, que são brotos meus e do trovão. Verdes como nunca fui e fortes como jamais serei.

Heraldo, agora, tornara-se mais taciturno do que a nobre árvore e passou a escutá-la com atenção.

— Compreendes, então, o impacto da minha queda? Eu cairei, porém jamais irei parar de crescer; alcançarei novas profundezas e novas alturas através dos meus brotos de trovão.

A voz enfim se calou.

Heraldo tentava processar o que acabara de acontecer, porém foi surpreendido outra vez, pois, quando menos esperava, aquele que contava o encontrou e gritou:

— Achei!

ORGULHO PORTUGUÊS

LUIZA XAVIER

O sangue esvaía por todos os lados, encharcou a cama, o chão e o coração de todos que não puderam lhe dar um último abraço. Viveu toda a vida solitário. Todos os dias ia até a banca de jornal, para se lembrar do mundo insistente a girar, tinha pavor dos giros dados e resolveu se estancar. Lia o jornal como se fosse um romance distante do qual ele nunca viveria. Tinha o passo lento e apavorado como uma criança indo tomar vacina.

Na verdade, acho que ele nunca foi deste mundo. Quando nasci, ele sorriu amargo e condolente afirmou:

— Mais um que chega.

Como nossos traços sanguíneos são os mesmos, uma gota brotou em seu olho direito, ele logo secou-a com a manga da blusa branca, casualmente usada em eventos comemorativos e foi embora sem se despedir. Sempre que nos víamos, ele me olhava baixando ligeiramente o pescoço, projetando seus olhos salgados de bacalhau português nos meus olhos de cachorro de rua. Dávamos um riso cansado de quem sabe que a vida não vale a pena.

Eu ainda era garoto e ele era dono dessas vendinhas que vende de tudo. Sempre ia lá e ele me dava uma porção de doces escondidos. Foi ali em que nasceu nossa cumplicidade terna que ocorre uma vez a cada vinte gerações.

Sua morte cumpre o nosso pacto, a vida não vale a pena. Poderia não ter me dado doces, não nos encontrarmos ocasionalmente, não nos olharmos e não nos sentirmos constrangidos, como se ambos estivéssemos pelados e não sentíssemos vergonha disso. Talvez a vida não seja rosas brancas a perfumar as narinas. Talvez a vida seja os doces escondidos dados por ele. Como ousa morrer no meio de uma pandemia e eu não poder chorar minhas lágrimas sinceras sobre seu corpo frio? Como ousa não ter me olhado uma última vez para eu saber que existo?

Agora, toda banca de jornal será um velório; lerei os jornais e comerei doces para sentir alguma vida; procurarei, em milhares de olhos, o olhar só seu. Tinha pavor de fotos. Nossa família sempre amou fotos e o obrigavam a estar nelas, abraçavam-no como uma camisa de força até o clique final. Era época em que ainda se revelavam fotos e tínhamos que esperar para ver como tinham ficado.

Surpreendentemente, agarrado pelas irmãs, ele tinha uma feição de moleque tinhoso e satisfeito, saciado de um amor por ele desconhecido. Minha avó, sua irmã, espantava-se do olhar orgulhoso que ele direcionava a mim. Um dia, ela me disse:

— Ele é tão pessimista e melancólico, mas quando fala de você, seus olhos brilham como estrelas no céu à meia-noite.

Mal sabia ela do nosso pacto calado. Pacto de dois seres atemporais que andam lento por terem conhecido os dinossauros.

O LOUCO

GREGORY VIEIRA HARKOVTZEFF

— Conte mais sobre sua experiência naquela fatídica noite — solicitou o homem esguio, escondido atrás de seu par de mãos, onde os dedos finos se entrelaçavam —, do início ao fim.

— Bom, senhor — o velho sentado à frente tinha a voz levemente trêmula, o que deixava o misterioso estudioso mais instigado —, nas noites de lua cheia, eu e Antônio costumávamos sair para caçar.

— O que caçavam? — perguntou curioso.

— Cães do mato.

— Por quê?

— Ovelhas e gados mortos, muitas vezes, abertos de ponta a ponta.

— E um cão do mato conseguiria aplicar um corte tão cirúrgico nos animais?

— Ah, senhor, nunca se sabe. Dizem que alguns podem até andar em duas patas como um homem adulto.

— Mas não foi isso que encontrou, certo?

— Não, não foi — o olhar se perdeu diante dos livros no canto da mesa. — Fomos bons hectares abaixo, usando nossos cavalos. Eles se agitaram quando chegamos ao topo da colina. Antônio quase caiu. Desistimos de seguir montados e foi aí que vimos as luzes.

— Luzes? De que tipo?

— Amareladas. Pareciam voar acima do campo.

— E não havia nada no céu? — perguntou mais uma vez, deixando suas costas encontrarem o encosto. — Além das estrelas, é claro!

— Exatamente. Como o senhor sabe?

— Foi apenas uma hipótese. Por favor, continue.

— As cabeças de gado também estavam para aquele lado. Então, seguimos em frente. Eu sentia medo, não mentirei. Antônio bebia do cantil quase toda hora. Eu sentia o cheiro da aguardente vindo no meu rosto.

— E você bebeu?

— Não, não. Eu juro por Deus que não coloquei uma gota sequer da bebida na minha boca — afirmou inseguro das próprias palavras.

— Pois bem, prossiga — pediu a figura enigmática —, dê-me mais detalhes, todos que ainda lembrar.

— As luzes nos levavam sempre para frente; mantinham certa distância de nós. Subimos e descemos umas quatro ou cinco colinas até uma figueira solitária e foi lá que elas pararam.

— Elas pararam de súbito?

— Sim e rodaram em volta da árvore. Antônio ficou curioso e foi sozinho. Eu senti medo. Pedi inúmeras vezes para voltarmos aos cavalos, mas ele não quis, parecia hipnotizado.

— Ele dizia algo?

O som do riscar da pederneira do isqueiro revelou que o entrevistador acendia um cigarro.

— Murmurava poucas palavras, rápidas que eu não entendia. Quando tentei segurá-lo, não consegui. Fui obrigado a ir atrás. Não ia deixar meu cunhado sozinho.

— Interessante!

O cheiro de fumo tomou conta do ambiente.

— Então ele já estava fora de si. E você, via o quê?

— Bem — o velho cruzou as mãos ansiosas, esfregava-as quase como em um transtorno compulsivo —, eu perdi Antônio de vista, e as luzes rodearam o tronco da figueira. Eram como tochas tremulantes pelo pouco vento — ele respondeu rápido, parecia bem certo do que afirmava.

— E depois?

— Eu ouvia lamentos. Lamentos dos mais dolorosos. Não havia nada lá, até sombras se levantavam do pasto.

— Quais formas essas ditas sombras possuíam?

— Eu não sei dizer exatamente — sua expressão empalideceu. — Talvez crianças, mulheres e homens. Eu não vi seus rostos, apenas... apenas os corpos.

— Então o senhor afirma ter visto pessoas?

Rapidamente trouxe uma caneta em suas mãos sem tirar os olhos do velho interiorano.

— É... não tenho certeza — a voz quase sumira. Os ombros do velho exalavam aflição.

— Preciso que o senhor me diga o que mais viu.

Ele se debruçou sobre a mesa, revelando a face esquelética de um homem de meia idade. Profundas olheiras contornavam os olhos caídos. Os lábios finos quase inexistentes contrastavam com a pálida pele albina.

— Quando os lamentos aumentaram, um berrar alto me derrubou ao chão. Antônio apareceu me puxando para atrás dos gravatás. Ele estava muito assustado. Repetia sem parar "está aqui", "está aqui", "ele está aqui".

— Ele quem?

— Eu vi com meus próprios olhos, doutor. Espiei e, lá no topo da pequena colina, uma cabra de cabeça virada para trás se apoiava na figueira. As luzes dançavam ao seu redor sem parar, e os lamentos aumentaram.

— E o que os senhores fizeram?

— Nós ficamos escondidos. Não podemos enfrentar o diabo.

— Preferiram esperar o amanhecer ao fugir?

— O doutor não tem ideia! Nossa cabeça não aguentou os gritos. Nós fomos adormecidos pela canção do tinhoso. Não podemos fugir dele. Depois do que vimos, não mais.

— Entendo.

O homem preencheu três folhas horizontais, um receituário extenso e incomum.

— O senhor não entende, doutor — o velho cochichou enquanto o homem mantinha o telefone ao ouvido.

— Podem buscá-lo.

Não demorou muito para que dois robustos enfermeiros entrassem na sala e retirassem o velho que não ofereceu resistência.

— Diabo? Não há salvação para este pobre velho — ele riu, relaxando no estofado da cadeira.

As pálpebras relaxaram por um momento, dando sossego ao doutor. Quando se encontrava voando ao mundo dos sonhos, despertou através do estrondo dentro de sua sala.

Assustado, olhou ao redor e nada havia mudado. Somente no final da sala, logo acima da porta onde a cruz havia se desprendido e ficado de ponta-cabeça.

BUSCA PELA POESIA

FELIPE BALDIN DALLA VALLE

Debaixo da lua, escrevo um poema, sentado na calçada, contemplando as distantes estrelas ofuscadas pelas luzes da cidade. Os tênis pendurados nos fios elétricos enfeitam a paisagem. Na rua, há cachorros remexendo o lixo e homens transitando em motos sem capacetes. Penso em minhas entrelinhas: talvez eu fale de amores, clichês e prazeres. Risco um fósforo, rabisco as notas, o peso em minhas pernas me faz querer repousar sob o meio-fio.

Debaixo de uma árvore, escrevo um poema, tudo bem ser a única do bairro, mas o tronco retorcido me remete ao passado em que tudo era infinito, e as tardes sempre costumavam acabar em pique-esconde. Repenso minhas entrelinhas: talvez eu fale das nostalgias, do passado, daquilo que não irá voltar. Risco um fósforo, rabisco as notas, mamãe ainda não voltou. Já é tarde para estar na rua.

Debaixo de lonas, escrevo um poema, a louça do almoço ainda nem fora lavada, mas a essa altura, que diferença faz? Naquela tarde, comemos apenas arroz e feijão. O caçula almoçara na escola, o primogênito já ganhara asas e papai vem apenas nos finais de semana. Há poucas entrelinhas: talvez eu fale de cansaços, deveres e responsabilidades. Risco um fósforo dentre os poucos que restam, rabisco uma folha, o caçula acaba de chegar cansado e mamãe ainda não voltou. Hoje não teremos pão para o jantar e eu ainda não fui para o banho. Ouço as sirenes. As viaturas começam a chegar.

Debaixo do chuveiro, repenso um poema, os fios desencapados e o pequeno espelho afloram meu desejo de sair daqui. Estou preso nas amarras de uma sociedade que não me conhece, mas me recria. Fecho os olhos e deixo a água me levar pelo ralo, mas sou concreto e não fluido e tudo bem. Afinal, as águas daqui não são levadas para bons lugares. Talvez seja por isso que não me fizeram solúvel. Risco um fósforo mentalmente, rabisco as folhas de minha cabeça: talvez eu fale de sonhos, desejos e utopias. O caçula já deitara, papai deixou mensagem e mamãe ainda não voltou. As viaturas, aos poucos, escalam as ruas do morro feito sorrateiras lagartixas.

Em frente à TV, escrevo um poema, os chuviscos na tela me fazem lembrar de que a lona do forro precisa ser trocada. As chuvas costumam furar uma aqui, outra ali. O Rio alaga, mas nunca está cheio. Pensar na água me remete aos momentos de ver mamãe chorando às escondidas no quarto. Tento imaginar cenas felizes, e a tristeza logo é suprimida pelo programa que passa na televisão de tubo. Risco mais um fósforo, rabisco à mão: talvez eu fale sobre transbordamentos, purezas, sentimentos. Mamãe manda mensagem, dizendo que está chegando. Preparo a cama para descansar. Está frio, mas cedo a coberta que resta para o caçula que, trêmulo, revira-se no pequeno colchão.

Em cima da cama, escrevo um poema, a lona escura é um céu sem estrelas. Começo a pensar nas conotações que me cercam e na futura vida boêmia que poderia estar em meu aguardo. E se me estudarem um dia como estudo Vinícius de Moraes? Talvez isso nunca venha a acontecer com alguém que não escreve sobre o Leblon, não ouve samba em bares de esquinas e não bebe a cerveja que sacia a sede da alma. Tenho fome de falar e sede de ser ouvido, mas tudo bem, aceito as condições por obrigação tal qual comer vegetais. Risco o último fósforo e rabisco a última folha: talvez eu fale sobre os desejos, sobre comida, sobre sucesso. Mamãe chega à nossa casa e o fósforo é apagado por um estrondo que rompe o silêncio. São fogos, é tiro!

Debaixo da cama, escrevo um poema. Os tiros das viaturas soam como um natural cantar de pássaros nessa fauna blindada. Abraço o caçula enquanto mamãe nos cerca no calor de seus braços. Já não penso em escrever mais poemas, já não há mais fósforos para riscar. Rabisco a mente, tentando me livrar desse medo inconstante que, por mais comum que seja, assola-me como a primeira vez. Talvez eu nem venha a escrever depois dessa noite. Talvez eu vire capa de jornal. Talvez minha manchete venha a enriquecer jornalistas e minha história seja escrita por alguém que leve a futura vida boêmia que sempre sonhei. A busca pela poesia se encerra por aqui com apenas a certeza de um talvez. Espero um dia escrever esse poema debaixo de um céu de paz.

O PRIMEIRO MAR

AMANDA JANSSON

Havíamos feito aquela mesma viagem juntas há muitos anos. O mesmo percurso, o mesmo destino. Eu e ela. Hoje, como um último ato de esperança, ali estávamos novamente, as duas no carro, perseguindo nossas lembranças. Dessa vez, no entanto, as posições eram invertidas: eu ia guiando, concentrada, e ela, a figura paciente no banco do passageiro, deixava-se levar, serena e impassível.

A estrada era familiar para mim. Muitas vezes, já a tinha percorrido, nos longos períodos das férias escolares de verão e nos feriados prolongados com a família. Anos mais tarde, nas folgas do trabalho, ao lado do marido e da filha. Para ela, no entanto, tudo era visto novamente pela primeira vez. Eu dirigia de forma compenetrada, os olhos examinando os arredores, explorando qualquer elemento que pudesse fazê-la retornar para mim.

— Olha vó, uma goiabeira. Lembra que, às vezes, parávamos para colher goiabas na faixa? A senhora insistia para eu provar, e eu prometia que íamos comer goiaba juntas quando eu crescesse?

Ela sorria, sem dizer palavras. Seu olhar seguia ausente, perdido através do vidro da janela do carro, em algum lugar às margens do asfalto.

Minha avó foi quem me apresentou o mar pela primeira vez. Estava ao meu lado quando a praia inundou meu olhar curioso e, desde então, para mim, o mar e ela eram um só, uma harmonia perfeita. Era dela o cheiro da minha infância, da maresia, do peixe frito. O conforto do abraço, da luz dourada e quente sobre a pele que se enrugava como uma concha. O frescor da brisa salgada agitando os cabelos, cada vez mais grisalhos.

Quando a doença chegou e, aos poucos, ela deixou de reconhecer um a um, seus filhos, seus amigos, seus netos, era ao mar que sua mente sempre parecia retornar. E era lá que eu a buscava agora.

— Sabe aonde estamos indo, vó? À praia! Lembra de nós duas na praia?

Quando parei o carro a alguns metros das ondas que rebentavam, ela se moveu no assento. Abri a porta do seu lado e a ajudei a descer, levando-a firme, pela mão, até a água. Enquanto os pezinhos afundavam na areia úmida, ela sorria seu riso vago. Uma onda rasa deslizou até nós, cobrindo nossos calcanhares de água morna e fazendo escorregar, por entre nossos dedos, dezenas de pequenos tatuís que se enterravam sob a areia num piscar. Ela riu mais alto e segurou minha mão mais apertada na dela enquanto a praia inundava o nosso olhar mais uma vez.

O AVESSO DO AMOR

ISMAEL DE LIMA VIEIRA

Já parou para pensar em como as coisas extremas podem assumir a forma avessa muito facilmente? O riso vai morrendo, a seriedade se estabelece, empobrece e se torna tristeza. Qual seria, então, o sentimento mais perigoso que, ao senti-lo, poderia acarretar consequências lastimáveis se o avesso lhe encontrar? Isso, a paixão, sentimento fogoso capaz de entorpecer e deixar loucos os mais moços pela inexperiência na vida.

Certa vez, conheci um moço apaixonado. Ele estava doente de paixão e tudo era luz. É claro que em seus lábios só brotavam palavras que tinham sua raiz em sua amada, e os brotos a deixavam imaculada como se uma deusa do Olimpo tivesse abandonado aquele recinto para viver entre os mortais.

O guri estava vivendo um bom momento. Com meus pensamentos, eu analisava a sucessão daqueles curiosos acontecimentos. O rapaz era boa pessoa, só imaturo, coisa normal num jovem. Ele trabalhava o dia todo numa fábrica que pensava ser um estorvo, pois roubava o tempo que queria passar ao lado dela.

Bem ligeiro, aproximou-se da família da moça e, com a voz insossa, pediu a mão para o seu pai. O velho, com seu jeito bem gaudério, permitiu com condições específicas, pois não queria mais problemas na família. A felicidade do menino se multiplicara. Agora, junto dela, ele sonhava com um recanto particular. Não tardou e, com seus palitos, conjecturou um cantinho para os dois; arrumou um emprego para ela na fábrica e estava no ápice de seu sonho magistral.

Todos que o viam com ela tinham a certeza de que a vida é bela e que o futuro seria bom, mas a vida pode ser mesquinha e é claro que também há beleza na tragédia. Para ver, é preciso um coração costurado, talvez com alguns remendos adaptados para continuar na sua função.

Os dias passavam, a paixão dele não. Certa feita, ela adoeceu e não fora mais ao trabalho. Ele pensava nela durante todo o expediente. Longe dela, sentia-se incompleto e ineficiente. Ainda doente, ela começou evitá-lo. Quando ele ia se deitar, ela sempre já havia adormecido. O coração dele estava inseguro. "Será que devo levá-la ao médico?", perguntava a si próprio. Não sabia os sintomas ao certo, sabia apenas da indisposição e das reclamações de dores de cabeça.

Preocupado, um certo dia, foi ao melhor restaurante da cidade, encomendou a sopa mais cara e quis levar para ela almoçar. Saiu mais cedo do trabalho para, com ela, mais tempo conseguir passar. Contudo, antes de entrar, escutou uma voz incomum. Da fresta da janela do quarto, pôde ver a cena insana, sua musa na cama com outro, mas não era qualquer um. Era o seu melhor amigo, o seu braço direito, a quem recorria para conselhos, para quem enchia a boca para elogiar tal bela que, agora, já não estava tão bela assim.

Naquele instante, sua paixão ferveu, morreu e renasceu como ódio que clamava por vingança. Então, ele afogou suas boas lembranças e correu buscar seu 38. Com seu sutil coice na porta, o imbecil avisou os amantes que chegara e, antes mesmo que conseguisse carregar a arma, o corajoso já decidira se retirar. Assim, saiu correndo com as calças no ar.

Dois tiros perdidos na mesma direção do traidor não conseguiram aliviar a dor. Agora, restava a traidora que, em prantos, pedia por misericórdia. É claro que ele pensou que um tiro na mente da desleal seria o justo e fatal destino, porém pensou também que a própria vida já não valia. Se estourasse os próprios miolos, a dor cessaria e a dor dela continuaria como fardo eterno. Das opções, nenhuma fez e foi embora esfriar o sangue.

É óbvio que não atirou por um motivo: um farelo de paixão havia restado e, mesmo estando exaltado, sentia falta da moça. O que faria agora? O que havia sobrado?

O outro dia nasceu morto e chovia. Era tão escuro que ninguém sabia se realmente amanhecera. O guri se levantou do ninho que fez da dor e pranto, vestiu-se e foi ter com a bela. Andou cerca de dez quilômetros na tempestade e chegou à casa do pai dela. Chamou por ela na porteira. Depois de muito movimento na soleira, ela surgiu se esgueirando com um guarda-chuva. Após toda aquela labuta, ele clamou por um último beijo. Ela, com lágrimas, negou, e o último farelo se entregou. A raiva o consome, mas como homem, havia prometido ao pai dela nada de mau lhe causar. Rangendo os dentes e cerrando o punho, ele caminhou de volta. Ao fundo, os gritos dela pediam que voltasse, que ela concederia o seu desejo e que talvez poderiam até conversar. No entanto, ele já não podia escutá-la. Em sua mente, estava a esganá-la, e seus gritos tinham outro sentido. Em dois minutos de caminhada, já mudara o lábio tremido por sorriso, pois acabara de matá-la.

A MENINA DA GELADEIRA VERMELHA

REJANE BONADIMANN MINUZZI

Há muitos anos, havia uma menina de olhos cor de mel que vivia presa em uma geladeira que tinha a cor vermelha e ficava na sala. Sim, na sala! Na casa, não havia luz elétrica ainda e ela servia de armário para livros e cadernos.

Todos os dias a menina acordava e a primeira coisa que fazia era passar em frente à geladeira e dizer:

— Bom dia, dia!

Em dias ensolarados, acordava feliz. Já nos dias nublados ou com chuvas, ela acordava mais feliz, porque tinha oportunidade de ler ainda mais, mesmo utilizando a vela acesa ou liquinho a gás.

Muitas vezes, acordava assustada com pesadelos que sonhava e ficava toda escabelada. Outras vezes, parecia que tinha sonhado com passarinho verde; acordava toda alegre que até cantava em frente à geladeira: “Menina veneno o mundo é pequeno demais pra nós dois...” (canção que o pai dela lhe ensinara e gravara em fitas K7).

A geladeira servia para conferir se o uniforme estava de acordo para ela andar quilômetros a pé até a escola, com sua conga azul, meias brancas até o joelho, saia azul e camisa branca. Nos finais de semana, o vestidinho amarelinho com um cachorrinho na frente era o preferido e ela usava com as sandálias de tiras marrons.

Ali, naquele espaço, a menina pisava nos pés de seu pai e dançavam nos domingos de manhã ao som de discos de vinil. Também ficava olhando os vultos, isto é, se estavam no ritmo na amada geladeira vermelha.

Muitas vezes, a geladeira serviu de consolo. Quando a menina de olhos cor de mel se sentia triste, abria a mesma e tirava os livros que vinham da biblioteca da escola que ela e sua irmã retiravam. No momento em que iniciava a leitura, esquecia as tristezas. Ela ia embaixo do pé de cinamomos e lia por horas, viajava e criava um mundo de sonhos e expectativas.

Nos finais de semana, retiravam mais de dois livros e as irmãs iam ler nos barrancos, na beirada dos açudes e até em galhos de árvores. Nos momentos de leitura, nada abalava as duas, nem mesmo as fazia chorar, a não ser os personagens dos livros.

Num certo dia, o que parecia distante chegou no interior: a luz. E a geladeira vermelha teve que ser esvaziada para dar lugar aos frios. A mãe lhe explicara que não era motivo para ficar triste, pelo contrário. Então, os livros e cadernos ganharam outro lugar, e a geladeira continuou ali na sala. Todos os dias, da mesma forma, era o primeiro contato da menina.

Dias e anos se passaram, até que, naquela noite, começou a cair uma chuva forte junto a trovoadas e raios que cortavam o céu. A geladeira vermelha queimou. Foi aí que a menina de olhos cor de mel chorou, porque teriam que levar a geladeira. Ficara um grande vazio.

Um mês depois, chegou um caminhão e trouxe a geladeira, porém não teve conserto e tiveram que comprar outra. Ela não era mais vermelha, e sim, bege, quase sem cor, e a menina foi embora e nunca mais voltou.

INCONSCIENTE

FRANCISCO CARLOS DA SILVA CAETANO

Foi em uma tarde de domingo. O dia estava frio, com nuvens carregadas no céu cinzento. Uma garoa fina e gelada, em forma de neblina, deixava o dia ainda mais depressivo e entediante. Eu estava sentada no meu sofá de camurça que havia comprado há pouco tempo. As pontas dos meus dedos estavam úmidas, pois tenho o hábito estranho de roer unhas.

Eu desfrutava daquele momento obscuro em um dia acinzentado, na minha sala escura com um cheiro de casa fechada, parecido com mofo, quando, de repente, senti um forte desejo de comer um bombom, desses caseiros. Eles são deliciosos e na minha casa isso nunca faltava, pois a vizinha fazia e eu sempre comprava umas dúzias. Não que fosse viciada em bombons, mas para ajudá-la mesmo. Levantei-me e, impulsionada por aquele desejo alucinante, joguei as cobertas violentamente contra a parede que, em vão, tentavam me aquecer. Em um grande salto, como alguém que leva um susto, vi-me em pé em busca do desejo.

Na cozinha, senti uma forte dor de cabeça. Soltei um grito estridente e cai de joelhos ao chão, com as mãos na cabeça, tentando tirar aquela dor insuportável. Comecei a rolar no chão em gritos. Ao perceber que a dor não ia embora, arrastei-me pelo chão até alcançar o sofá, onde havia passado horas roendo as unhas. Aos poucos, tudo foi escurecendo. Meus olhos não abriam mais e adormeci em um sono profundo.

Senti como se fosse som de um sino tocando em meus ouvidos. Assustada, abri os olhos. Eu estava ofegante. Sentei-me e toquei a minha cabeça. A dor já tinha desaparecido, havia apenas um pequeno zumbido que, aos poucos, também foi desaparecendo como quando a gente desligava a televisão antigamente e fazia aquele barulhinho que desaparecia do nada.

De repente, o telefone tocou me dando outro susto. O barulho irritante do telefone queria despertar em mim a fúria e o ódio do barulho. Controlei-me e me levantei para atender ao tal telefone.

Ao atendê-lo, senti algo que jamais esquecerei, um sentimento inexplicável de amor. A voz doce e aveludada me deixou toda arrepiada dos pés à cabeça.

— Amor, estou chegando e quero tê-la em meus braços. Quero te aquecer com a chama do amor que arde em meu peito.

Nessa hora, a minha voz se escondeu em minhas entranhas e meu coração se derreteu, escorrendo-se pelo chão sem forças para se erguer. Que voz sublime e apaixonante! Que chama ardente do amor que consome a minha alma! Era a voz do meu mundo, do meu dono, do meu tudo, do meu marido. Ele disse apenas aquelas palavras e desligou em meio ao meu silêncio, pois sabia que eu me derretia toda só ao ouvir sua voz.

Caminhei em direção ao banheiro e fui tomar um banho. Coloquei minha camisola preta com florezinhas coloridas e com rendinhas brancas e delicadas. Ele adora coisas com florezinhas e rendas. Fui para o quarto que estava quente como se tivesse um aquecedor. Estranhei um pouco, mas logo me convenci de que era o calor do meu amor ardente. Deitei-me na cama em uma posição bem sedutora para aguardá-lo. Sabia que ele chegaria em instantes e sentiria as suas mãos grossas e pesadas subindo lentamente por minhas pernas quentes e lisas, acompanhadas de uma respiração quente e umedecida que segue o caminho das mãos até nossas respirações se encontrarem e se misturarem nas chamas do amor.

Lembrei-me do dia seguinte. Será uma segunda-feira, dia de trabalhar. Por certo, não irei trabalhar. Ninguém trabalha depois de uma noite como essa que terei. Quero servir café na cama para o meu doce e amável marido. Com certeza, a minha chefe me entenderá. Sabe que sou assim, que me entrego de corpo e alma ao amor. Depois, ela não pode falar nada de mim, pois sei muito bem o segredo dela. Ela vive a patinar no território do amor. Para ela, cada passo para frente são dois passos para trás.

Estava nesse pensamento quando ouvi o barulho da porta se abrindo. Por certo, era meu marido, meu amor que estava chegando. Já podia sentir o cheiro de seu perfume que se espalhava no ar, anunciando sua chegada.

Espera um pouco! Eu não me lembro de algum dia ter casado, nem da primeira noite junto a ele. Talvez isso seja coisa do amor, a sensação de toda vez ser a primeira vez que dois amantes se encontram.

Ele continuava vindo em minha direção, a caminho do meu quarto. Ele chegou na beira da minha cama. Eu, na ânsia de sentir suas mãos pesadas deslizando sobre o meu corpo. Todavia, não! Ele tocou em meus olhos tentando abri-los. Depois, com um aparelho, começou a tocar em meu peito, levantou-se, tomou uma espécie de prancheta e começou a escrever sobre ela. Pensei que ele estava escrevendo um poema para se declarar, mas ele começou a andar lentamente de um lado para o outro do quarto.

Achei estranha essa reação do meu marido, do meu amor. Ele não dizia nada. Eu queria tanto ouvir sua voz doce e aveludada declarando amor por mim, porém ele insistia ficar calado, escrevendo naquela prancheta. Ele usava uma roupa tão branca que brilhava diante da sua pele escura e delicada como um delicioso pedaço de chocolate. Aos poucos, ele foi se afastando de mim. Eu ardendo nas chamas do amor, dei um salto sobre ele.

Ele me abraçou e começou a gritar. Logo surgiram várias pessoas de branco dizendo:

— Ela acordou! Ela acordou! O tratamento fez efeito; chamem os familiares.

Assim como um sonho minha noite de amor evaporou quando entendi que estava em um hospital me recuperando de um estranho apagão que me conduziu a uma paixão violenta presa em meu inconsciente.

ESTAÇÕES

FERNANDA PERON

Não era tarde da noite quando ela andava pela rua movimentada, em passos largos e tropeçando nas deformações da calçada enquanto puxava as calças frouxas para cima. Fazia uma anotação mental: "Passar na costureira, já na segunda-feira, antes das sete e meia". Isso porque, às oito horas, deveria estar batendo o ponto para começar seu turno no trabalho. Praguejava antecipadamente contra o ar condicionado que não funcionava, pensando que estaria pingando suor, porque a cidade era temperamental, ora esfriava, ora esquentava e nunca estava equilibrada.

O clima louco lhe tirava o sono e não a deixava ter paz. A pele gosmenta da umidade contrastava constantemente com os lábios rachados pelo vento. Pelo menos, no escritório, não estaria tão exausta, tentando parecer só mais uma na multidão.

O passo, cada vez mais rápido, manifestava a impressão de que estava sendo seguida. Os pés aceleravam sem titubear como se o mapa do chão já estivesse gravado em cada centímetro gasto da sola do calçado. "Merda", o pensamento passou rápido com o trem logo lá na frente.

— Que horas são? — perguntou para um desconhecido que passava.

Por acaso, esse senhor, talvez pela preguiça e não pela pressa, também esquecera o relógio em casa. Uma estranha passou carregando uma pasta atulhada de papéis. O calhamaço de folhas amareladas saltava para fora, cumprimentando quem cruzava aquele caminho inflexível e preocupado. Seu olhar buscava, afogado, os olhos que pudessem jogar uma boia e resgatá-la do fundo.

Nossa protagonista se reconheceu naquele espelho d'água e

inspirou o ar até encher os pulmões. Esticou as mãos o mais longe que pôde, tentando entrelaçar, com os dedos, os cabelos cacheados que passavam rápido.

A dança embaraçada rompeu o trajeto original. Se Jesus morasse no coração dela, só poderia ser que ele, ousando, deveria montar uma escola de samba naquele órgão vital bombeador de sangue do organismo. Daria para ver o Salvador com as mãos enrugadas de veias saltadas, descarnados pés metidos em chinelos gastos, vestes puídas e encardidas, segurando alegremente um tamborim acompanhado de passistas, mestre-sala e porta-bandeira, sambando com a ginga tipicamente atribuída à cultura brasileira.

No fim do mundo, estaria Deus erguendo placas de avaliação enquanto as rainhas de bateria choravam copiosamente emocionadas ou chocadas com as notas. Tudo isso usando como palco o miocárdio daquela que acompanhamos com atenção.

Como um balão que, quando assoprado por muito tempo, infla demais e acaba por rebentar, essa dança sem fim precisou de um ponto final. Depois de ler a poesia que encontrou sem querer, tinha que ir embora.

Sentia pena dela e sentia pena de si. Sentia-se cansada, os casacos pesavam-lhe os ombros, as costas doíam juntando-se ao peso da consciência. A aurora já traçava uma linha vermelho-alaranjada no horizonte que previa a chegada do astro-rei.

Sem relógio, sem rumo e sem prumo, calculou errado o tempo que tinha. "Azar", pensou. "De que adianta calça ajustada se carrega uma pessoa vazia?"

Vez ou outra, o carnaval passava e ela lembrava que estava viva. Escrevia sua história com despedidas e não sabia por que fazia planos. Gritava por dentro e ninguém ouvia, chorava por fora e ninguém via. Se foi salva por um triz, também ninguém reparou. Decidiu parar e assistir ao sol nascer. No fundo, ela só desejava permanecer sentada, inerte, observando a cidade acordar. Dentro dela, era primavera outra vez.

CAPITAL SOCIAL E REVOLUÇÃO INGLESA 4. MIND-TECH

SAMUEL S. ROSA

O ano era 1733, Escócia, cidade de Glasgow, época e lugar em total mudança, direcionada pelo conhecimento acumulado, de gerações mercantis e aplicações tecnológicas advindas das grandes e recentes descobertas das novas ciências. As luzes estavam acesas novamente.

É nessa fase que esta história é descrita, na qual a vida do jovem Agar acontece. Aos 23 anos, em tenra idade, grande poder de imaginar e ver, em sua mente, seus dinâmicos projetos já em funcionamento. Um dom inato constantemente em aprimoramento por meio de suas criações mecânicas e testes na velha oficina de seu pai, onde ele realizava seus experimentos.

Agar gostava de descobrir padrões que modelavam o seu mundo, o nosso mundo, através de livros antigos de Alquimia, Naturologia, Mecânica e uma nova ciência chamada Física. Sua maior motivação era descobrir e tentar, de certo modo, quebrar paradigmas técnicos que pudessem facilitar o trabalho dos operários da fábrica de seu pai.

Certa vez, com a intenção de reduzir o labor dos camponeses de irem até a fonte d'água e puxá-la manualmente, ele projetou e criou um protótipo, algo incrível que não precisava de mãos humanas para funcionar. O equipamento de Agar fazia verter água do chão através da luz solar, focada num só ponto do equipamento e com a ajuda de alguns espelhos e canos. Então, em frente a muitas pessoas, fez a máquina girar suas engrenagens com a força suficiente para troca de pressões, trazendo água à superfície num lugar onde não havia.

Nessa acentuada corrida de novos conhecimentos, o jovem cientista estava frenético, num ritmo além das criações à sua volta.

Principalmente para melhorar as condições de trabalho dos artífices e aumentar a qualidade e quantidade dos bens que aqueles mestres do metal faziam com tanta diligência e atenção.

Nas cidades aos arredores da sua, também haviam cientistas e engenheiros práticos, artesãos em oficinas e parques industriais colossais, com suas altas chaminés fumegantes. Primeiramente, esses foram os principais agentes modificadores da sociedade inglesa. Suas forças somadas estavam mudando também o mundo como o conhecíamos e a compreensão social de Agar.

Em 1737, no ápice de suas descobertas e invenções, aos 27 anos de idade, acontecia, na praça de Glasgow, um evento social importantíssimo das monarquias britânica e espanhola. Ali, apresentariam um novo dispositivo que fora anunciado ao público como uma tecnologia milenar esquecida, feita de ouro e cristais. Agar estava presente na cerimônia e, com atenção, assistia.

A máquina do tamanho de um baú havia sido produzida do ouro original das cidades maias, o mesmo que inundou a Europa no século XVII. Esse metal raro havia sido coletado durante as grandes navegações das terra além-mar, retiraram amigavelmente das colônias espanholas, das mãos dos próprios índios que lá ainda habitavam. Agar conhecia as histórias das grandes navegações, assim como tinha conhecimento desse metal mágico e elementar que enriqueceu antigos e poderosos impérios, reinos e nações. E agora, na idade das luzes, em que ele estava vivendo.

É sábio dizer que esse elemento químico esteve e sempre estará no cerne de todas mudanças da raça humana. Antes disso, por volta de 6.300 anos, existiu uma província entre rios, na antiga Mesopotâmia. Essa cidade chamava-se Babylon, suas construções eram de grandes pedras maciças e de grande população. Nesse tempo, os reis eram considerados divindades, e o nobre e dourado metal, uma forma de criar e manter poderes.

Através de poções feitas com ouro, as moedas continham as faces estampadas dos reis e os símbolos do poder. Esses pequenos círculos metálicos faziam girar a economia e garantiam a ordem e o controle da sociedade e do comércio. Todos os homens livres dessa província enriqueceram e trocaram moedas douradas por suas demandas pessoais de subsistência ou por reconhecimento social, fazendo com que o ciclo exponencial fosse contínuo e fundamentado nas suas conquistas materiais.

Na Escócia do século XVIII, não foi diferente. O ouro trazido das terras do novo e verde Continente América causou o mesmo efeito na sociedade. Por essa razão, as indústrias primitivas aumentavam a produção dos itens que produziam e ampliavam suas instalações fabris para atender a mais vendas e mais demandas daquela iluminada sociedade.

Agora, voltando ao evento em praça pública de Glasgow, a Princesa de Gales, Augusta de Saxe-Gota, era a realeza principal na ocasião e notadamente a mais motivada com tal evento. Em seu entorno, pessoas das duas cortes, e a população que ali estava, ouvinte e atenta a cada movimento. Sem aviso prévio, ela ativou aquela máquina dourada e reluzente em frente a todas as pessoas. Assim, pressionando lentamente e em sequência três botões, uma série de mecanismos começou a funcionar. Eram sons e movimentos que os ouvidos e os olhos daquelas pessoas não haviam presenciado até então. Luzes coloridas, diferentes do fogo conhecido, foram vistas de dentro daquilo que não conheciam. Todos se perguntavam: "O que é isso? O que trará de inovação? Que sons são esses?"

As pessoas estavam muito concentradas mediante aquela magnífica máquina. Logo, um minuto após o start do intrigante dispositivo, delicadamente, a nobre Augusta estendeu sua mão em direção a uma bandeja da máquina.

Em sua mão, foi dispensado um pequeno, dourado e brilhante objeto. Ergueu-o ao alto, da ponta de seus dedos, mostrou-o à plateia e o inseriu no próprio ouvido em frente a todos. Todos ficaram espantados e curiosos com toda aquela cena. "O que aquele pequeno e misterioso item faria acontecer?" O mistério e a curiosidade tomaram conta de suas simples mentes.

Em seguida, a princesa anunciou a nova forma de viver daquela sociedade:

— De hoje em diante, não haverá mais moedas em circulação, pois eu, representante do poder absoluto de nosso reino, através deste pequeno objeto, permito que vivais em abundância e continueis o progresso sem mais guerras por riquezas, pois, agora, a nossa maior riqueza são vós, todos os cidadãos do Reino de Gales. Eu, portadora da coroa real, em sinergia com o poder espanhol, vou fazer deste nosso mundo um lugar mais belo e próspero, deixando o padrão ouro e o velho metalismo. Seguiremos a mais pura energia como guia supremo.

Foi lá que nosso jovem cientista foi apresentado a uma nova forma de criar riqueza (tirando o poder do ouro que estava concentrado nas moedas e substituindo-as pela nova moeda de troca, o próprio tempo). Todavia, ele desconhecia essa forma técnico--aplicada de Alquimia e Geometria Sagrada, um conhecimento oculto que não era novo debaixo do sol e seria a nova forma de distribuir e monetizar todas as coisas criadas e comercializadas, inclusive as próprias pessoas, porém elas não sabiam disso.

Logo após o discurso da realeza, a máquina começou a produzir uma quantidade enorme daqueles lindos itens dourados que foram distribuídos aos cidadãos presentes. Ao recebê-los, inseriram em seus ouvidos. Agar também recebeu um e fez o mesmo. Ao fim, quando todos estavam já com seus respectivos presentes reais, conectados em seus ouvidos, a princesa pressionou um último botão na máquina maravilhosa. Assim, aquele dispositivo emitiu uma luz tão forte que as pessoas que ali estavam protegeram seus olhos e o silêncio dominou o ambiente.

Agar, que também tinha um em seu ouvido, percebeu que ele não era mais o mesmo. Sua criatividade e entusiasmo haviam desaparecido, sem mesmo ele perceber que havia tido um dom especial antes dos sons e das luzes. Sem mais pensar, questionar ou poder imaginar, ele e todos os demais, exceto os monarcas presentes, foram para suas casas após a forte luz, em silêncio, sem palavras.

O outro dia chegou e o que se via na cidade era a troca massiva dos pequenos objetos dourados que saiam em grande velocidade da máquina. As pessoas traziam e trocavam suas economias em ouro por aquela novidade, confiando cegamente na substituição daquele pedaço de metal redondo, usado como barganha, a famosa velha moeda.

ALUCINAÇÃO OU A SOLUÇÃO

AMANDA LUIZA NEIS

Despertei e me dirigi ao banheiro. Pressenti algo estanho acontecendo. Virei em direção ao espelho e não o reconheci. Estava diante de mim um jovem sadio, com olhos castanhos brilhantes, pele à flor dos hormônios, um cabelo castanho e crespo abundante. Completando dezoito voltas ao redor do sol, perigo nenhum existia em seus dias. Cara de ressaca, olheiras decorrentes de madrugadas não dormidas, jogos adentrados e séries em dia. Baladas cheias, copos vazios nas mãos e descontrole nas ações. Coração cheio de paqueras, o amor não existe... o que existe é o instante. O reflexo do meu espelho trazia alguém podendo trilhar seu caminho da melhor forma, mas isso não ocorreu.

Não senti carros buzinando, passos apressados, conversas em meio ao caminho. Apartamentos trancados, janelas fechadas, celulares e televisões ligadas. Ninguém aguentava mais esse novo normal. Números assustadores, cenas horripilantes, casos inéditos. Festas e baladas clandestinas, pessoas infectadas quebrando isolamento social, negligência no comportamento dos indivíduos. Isso só estava começando: o Covid-19.

O mundo todo parado. Em minha consciência, tudo não passava de uma brincadeira. Nunca iria acontecer nada comigo. No entanto, meus pais já não eram tão cheios de saúde, meus avós beiravam um século de vida, meus irmãos portavam problemas respiratórios. Eles não eram eternos.

— Por que você fez aquilo? Você ficou só! — perguntou-me a imagem do espelho.

Baixei minha cabeça, respirei fundo e respondi:

— Aquilo o quê? Eu só estava vivendo... Sozinho, não, olhe

quantas pessoas ainda existem no mundo! É uma hipocrisia isso que está me dizendo.

— Não seja covarde, assuma o seu erro! Melhor assumi-lo antes que seja tarde demais.

— Não cometi erro algum. A vida é muito curta para olharmos o tempo passar e não aproveitar. O coração acelerou, a respiração se tornou ofegante, algo me asfixiava.

— Assuma seu erro de uma vez! Vai ser pior para você se continuar nesse pensamento medíocre. Estou lhe dizendo, assuma-o! — berrava o maldito espelho.

Em minha cabeça, martelava tudo o que acontecera: "Será que o pior ainda há de vir? Acho que não. Só acho. Eu não errei, apenas vivi." Então, todo o invisível à minha volta se tornou visível. Apareceram gosmas verdes que se juntaram e um monstro horroroso se formou. Apavorado, não consegui me mexer, nem falar, nem gritar.

Meu corpo deformando. Meu passado me condenando. Só bastava me entregar completamente. "Não, não posso me sujeitar a tal ocasião. Minha dignidade deve permanecer. Minha história não pode terminar assim. Minha vida não merece esse fim", pensei.

Escureceu. Sumi. Desvivi.

Amanheci com uma visão totalmente diferente. Lá de cima, contemplava tudo o que estava abaixo. Cada passo, cada respiração, cada ação. Não havia mais nada a fazer, só bastava acompanhar o mundo terrestre. Contudo, não saía da minha mente o episódio anterior. "Tudo que fiz e vivi para terminar assim! Ou será que estou iniciando uma nova jornada?"

Finalmente, toda elucubração estabeleceu sentido à atual vista. O que se apresentava aos meus olhos eram imprudências de pessoas que não mediam o perigo dos seus atos. Refletiam-se atitudes semelhantes às minhas com dezoito anos. Como queria avisá-las de todo o malefício que estaria por vir se elas não revertessem a situação.

A angústia e a apreensão tomaram conta de mim. Queria ter a oportunidade que elas tinham para poder fazer diferente. "Ah, se eu tivesse alguém que me avisasse! Alguém que tivesse essa minha visão de agora e dissesse para não cometer aquele erro, mas eu não tive e parei aqui. Sem compreender o eu, o passado, o presente e o futuro."

Um clarão forte atingiu meus olhos. A solução seria avisá-las. Comecei a falar com as pessoas, porém elas não me ouviam. Resolvi gritar, mas continuavam surdas. Desesperei-me. Como iria me comunicar com os terráqueos se a distância era grande? Além disso, a linguagem não era a mesma.

O que fazer então? "Não posso ficar aqui, parado, vendo elas aproveitarem o agora e sofrerem depois. Preciso fazer a mudança na vida delas", pensei. Desconsolado, comecei a chorar e percebi que minhas lágrimas, antes doloridas, formavam algo redondo e duro. Quando olhei para o chão, estava completamente cheio de bolinhas coloridas. Isso estava me deixando louco.

Irritado, joguei uma delas para a Terra. Com efeito, transformou-se numa bolha protetora. Ela protegeria a pessoa que eu atingisse. Além disso, a pessoa tomava consciência de sua postura. Não seria mágico?! Era mágico, poderoso e incrível! Seria a solução do mundo e a cura do meu passado. A pandemia do coronavírus não iria resistir. Bastava colocar o poder em ação e o mundo estaria salvo.

Desadormeci e me movi em direção ao banheiro. Olhei-me no espelho e não reconheci. Ideias frescas habitavam minha imaginação: "Que hora era? Que dia? Que ano?" Não era meu banheiro. Não era meu rosto. Não era meu corpo. Não era meu ser.

RÉQUIEM À MASCULINIDADE

PEDRO SOARES PINTO

Quando nasci, não houve choro. Saí sério como um doente indo ao médico, livrei-me da placenta e senti frio. Meus olhos inchados e vermelhos seguravam o pranto do parto. Não fui convidado para a festa, cá, estou perdido. Soluçava desesperadamente. O ar rasgava minhas entranhas, o mesmo ar que hoje respiro.

Desde menino, andava pela casa feito alma penada, os pés mal tocavam o chão. Surpreendia todos quando chegava num cômodo onde não tivesse sido chamado. Por um instante milimétrico, via pedras brutas ainda não lapidadas por olhar alheio. Batiam-me. Gritavam para eu fazer barulho, anunciar minha chegada. Um estado duplo de existência fez-me construir algo que não sou: mato seco, pinga aguada, sol morno.

Notei as galinhas colocando ovos: alguns, nós comíamos; de outros, saíam pintinhos assustados, correndo para cá e lá, querendo conhecer o mundo. Devo ter sido um ovo, mal chocado, sem potencial para omelete. Tornei-me algo entre clara e gema, mas bem faria adubando a terra.

Os bichos da fazenda existiam num plano só: os cachorros cuidavam das galinhas, cercavam as ovelhas, tinham medo do coice das vacas, dos burros e dos cavalos; sentiam medo quando papai gritava, montavam uns nos outros, mordiam-se, brincavam de pega-pega... "Valha-me, Deus, por que me fizeste filho de gente?", pensei.

O tempo passava e mais íntimo eu ficava das árvores, dos pés de café, do cotidiano dos bichos. Em época de colheita, eu fugia de casa e ia gritar dentro do rio. Os peixes vinham consolar minha solidão, davam-me beliscos pra fazer companhia. Eu via o café crescer como muda: primeiro, crescem as folhas verdes, depois, o caule, e o fruto verde passa a ser vermelho. Eu via tão de perto que não notava diferença, éramos um só. Tínhamos parentesco. Quando colhiam, arrancavam parte de mim.

A morte é falta de significado, vai tirando motivação, assusta não por ser horrível, mas por não ser nada. Os anos chegavam e eu fingia não perceber. Ser homem é estar no topo, numa caminhonete, mandando outros homens usar foice, enxada, subir em tratores. Homens não se dão bem com animais, pois os têm para encher a pança. Ser homem é começar a morrer. Por amor ao pé descalço no barro úmido, pela amizade sem sela com cavalos, pela sede finda na teta da vaca, diagnosticaram-me vagabundo, moleirão, desrespeitoso.

A barba já pinicava o pescoço, indagavam o que tinha feito de errado e assemelhavam nossas imagens. Pouco ligava o barulho e as impertinências jogadas a mim. Atordoava-me o excesso de sangue atrás do lucro, a terra estuprada pelas máquinas e a consideração de que eu era parte do seu grupinho.

Colocavam-me potenciais: "Esse aí parece tio tal, já joga bola?" Queriam igualar-me, colocar-me dentro de uma caixa. Honrar o fato de ter um pinto.

Certa vez, férias, todos primos em casa, a maioria já na puberdade. Decidiram sair e caçar. Há qualquer coisa de brocha no intelecto dos homens, no qual uma obsessão voraz de pegar em armas expõe a falta de ternura com o próprio corpo. Homens com armas são mais seguros e morrem de câncer na próstata.

Tudo corria muito bem! Todos de calça jeans e botina para não morrerem de picada de cobra. O mais velho, com um facão, abria o caminho até que vislumbrou um joão-de-barro ao lado do seu ninho e gritou o meu nome:

— Hoje é o Pedro que vai perder o cabaço.

Estendeu a espingarda até o final da fila sem tirar o olho do alvo. Todos viram o olhar até mim. Senti um calor frio embrulhar o estômago. Segui andando, passo atrás de passo, até a espingarda. O pássaro olhou dentro dos meus olhos. Como já éramos conhecidos, ele não se espantou, até virou de costas. Eu segurei o cano frio, já engatilhado, apontei para o corpinho emplumado e TUM.

REFLEXÃO

ROSANGELA ALBARELLO PACHECO

Acordei cedo, espreguicei-me na cama, não tinha vontade de me levantar, estava gostoso ficar ali. Eu estava usando meu pijama rosa com bolinhas brancas, quentinho, era o que eu mais gostava. Resisti mais um pouco, mas tomei coragem e me levantei. Olhei--me no espelho, não estava ruim, meu cabelo cacheado estava até alinhado.

Fui até a janela e a abri bem devagarinho. Senti o calor do sol tocando meu rosto, fiquei em êxtase por alguns instantes, apenas apreciando o momento. Rapidamente, voltei à realidade. O dia hoje era especial, era o meu aniversário. Eu queria meu dia glorioso, uma festa grandiosa, muitas flores, muita comida e bebida, todos os meus amigos e um vestido de princesa. Sempre foi meu sonho ter uma festa linda só pra mim. No entanto, nada seria assim. Apenas uma comemoração simples, com algumas pessoas da família. Nada de glamour, nem perto do que eu sonhava, nem perto do que eu acho que mereço. Que vida injusta!

Tentei não pensar mais nisso e fui preparar o meu café, aquele aroma delicioso me fazia bem. Tomei uns goles e deixei o resto por lá. Saí da cozinha pensando em fazer o tempo parar. Queria aproveitar o meu aniversário sozinha, mas como não tenho esse poder, deixei esse pensamento pra lá.

Curti meu dia da maneira que deu, olhando pela janela, deixando o tempo passar. Joguei-me no sofá, ainda usando meu pijama. Não senti vontade de trocar de roupa. Liguei a televisão, ouvi uma música, mexi no meu celular, esperando apenas a noite chegar.

Sem muita escolha, resolvi me arrumar. O sol estava se pondo e logo os convidados iriam chegar. Primeiro, fui tomar um banho.

A água quentinha me fez relaxar, saí do banheiro sem pressa e os cabelos fui secar. Vesti uma roupa que eu gostava e me senti bonita. Meu humor começou a melhorar. Fiz uma bela maquiagem que realçou os meus olhos negros. Olhei de novo no espelho e adorei o resultado. Senti que a felicidade tomava conta de mim.

Desci até a cozinha. Minha mãe já havia chegado. Em cima da mesa, um lindo bolo, só de olhar me deu vontade de comer. Ao lado do bolo, algumas caixas de papel. Cheguei perto e as abri, estavam cheias de doces, o cheiro era muito bom. Na mesa de jantar, uma toalha de renda branca que só era usada em ocasiões especiais. Num canto da mesa, algumas louças diferentes, tudo muito bem arrumado, minha mãe tinha caprichado mesmo.

Escureceu depressa. Logo minha família começou a chegar. Recebi alguns presentes, todos que eu gostei. Cheguei a uma conclusão: todos sabiam como me agradar. Não era a festa que eu tinha sonhado, não tinha a comida que eu gostaria, não tinha flores por todos os lados, mas tinha pessoas sorrindo, pessoas conversando alto, pessoas felizes que estavam ali, porque realmente gostavam de mim e, com certeza, todas eram importantes.

Senti arrependimento pelo que pensei cedo. Minha família não merecia que eu me comportasse assim, principalmente minha mãe que, com seu jeito simples, não media esforços e sempre fazia tudo o que podia para que o meu aniversário fosse comemorado da maneira que era possível. Nem de longe, tinha o luxo que eu queria, mas tinha, ali, tudo o que realmente importava: as pessoas que eu amava.

A HERANÇA DA COVID-19

PEDRO AUGUSTO DE OLIVEIRA MORAIS

O meu trabalho de escritor é restrito à minha própria criatividade. De forma geral, eu sempre tenho muitas inspirações, o que me permite escrever, pelo menos, um conto semanalmente. Contudo, isso mudou com o decreto da quarentena devido à pandemia. Agora, que eu praticamente só fico em casa, minhas inspirações simplesmente desapareceram. Não escrevo nada há duas semanas e nessa semana ainda não consegui pensar em nada.

Quanto mais me preocupava, mais minha criatividade decaía. Por isso, decidi buscar alternativas. Resolvi me inspirar na criatividade de outras pessoas, mas não se preocupe, eu não plagiei a ideia de ninguém.

Minha irmã é professora e leciona para crianças de até 6 anos. Em virtude da pandemia, ela seguiu seu trabalho de forma remota. Uma das atividades que ela incentivava as crianças era criar uma história sem qualquer roteiro. Minha irmã me dizia que as histórias eram impressionantes. As crianças ainda estavam na fase de alfabetização. Então, elas enviavam vídeos para minha irmã contando as histórias. Depois de muita insistência, ela me enviou alguns vídeos de seus alunos contando várias histórias.

Quando assisti aos vídeos, fiquei maravilhado com a incrível criatividade dos seus alunos. Eram histórias de dragões, de unicórnios e de vampiros que usavam carros voadores, de animais super fantásticos, de super-heróis sem máscaras e várias outras. Em particular, uma história me chamou a atenção. Era de um garoto que relatava que havia matado alguém, uma história um pouco macabra para a idade dele. Questionei minha irmã sobre esse garoto. Ela me respondeu que ele se sentia culpado pela morte do avô. Infelizmente, o avô havia falecido de COVID-19. Em sua casa, todos, inclusive ele, haviam sido contaminados pelo vírus. O avô do menino tinha uma condição de saúde delicada, com problemas respiratórios e também de coração, por isso não resistiu ao vírus e acabou falecendo.

Segundo a minha irmã, o pobre garotinho se sentia culpado pela morte do avô, porque ele havia entrado em contato com outras pessoas que certamente o contagiaram. O menino praticamente não apresentou sintomas, seu pai estava assintomático e sua mãe teve alguns sintomas leves. No entanto, seu avô, pertencente ao grupo de risco e com estado de saúde debilitado, infelizmente não sobreviveu. Por essa razão, o pobre menino se sentia culpado.

Era uma fatalidade. Mesmo assim, fiquei intrigado. Questionei minha irmã sobre a forma que o garoto tinha sido contaminado, pois, nessa idade, ele não iria a lugar algum sem orientação da mãe. De acordo com a minha irmã, a mãe do garoto deixou-o na casa de um parente, mesmo a contragosto do pai, que poderia tomar conta dele em casa, e lamentavelmente esse parente estava contaminado.

Eu estava praticamente convencido de que era realmente uma fatalidade até minha irmã me informar que o avô havia deixado uma herança considerável para a mãe do garoto. Logo, meu instinto me deu uma nova hipótese: um assassinato disfarçado de uma morte de COVID-19.

Meu palpite era o de que a mãe do garoto, de olho na herança, organizara uma forma de o garoto se contaminar com o coronavírus e, em seguida, contaminar o restante da família. A mãe, com boas condições de saúde, certamente sobreviveria, assim como seu filho, porém o avô, em suas condições precárias de saúde, infelizmente não aguentaria. Não podia negar que era um plano perigoso, pois a mãe ou até mesmo seu filho poderiam ter sintomas graves em decorrência do vírus. Por outro lado, era um crime perfeito. Ninguém suspeitaria da mãe do garoto. Todos iriam culpar o vírus. Era mais uma vítima do coronavírus.

Fiquei com bastante pena do garoto. Ele carrega essa morte como se fosse sua culpa. Claro que eu não poderia provar nada. O crime já havia sido cometido, e o avô do garoto já tinha sido até enterrado. Com provas ou não, pelo menos agora, eu tenho mais uma história para escrever.

SOLIDÃO ACOMPANHADA

JENNIFER CRACO

Passo a passo, ele segue cambaleando pelas ruas imundas daquele fim de mundo. Sua barba está por fazer, seu cabelo está desgrenhado. Suas roupas? Melhor nem comentar, mas ele não liga. Está feliz e nem percebe quando as mais variadas pessoas (em suas roupas impecáveis, com seu cabelo estático por debaixo de camadas e mais camadas de gel) atravessam para o outro lado da rua só para evitar de encontrá-lo, torcendo o nariz.

Sua expressão é a do mais puro deslumbramento. Ele não consegue olhar para o chão. Seus olhos estão fixos nas nuvens carregadas acima dele como se nunca tivesse visto o céu antes. De fato, nunca vira, não "aquele" céu, não "naquele" dia. Os dias passam e tudo muda — menos suas roupas rasgadas.

— Lindo dia! — diz ele para a parede de tijolos ao seu lado. — Lindo dia, lindo dia, lindo dia...

Ele não escuta quando uma garotinha de aproximadamente dez anos pergunta (alto até demais) para sua mãe: "Mamãe, ele tá drogado?" Mas, tudo bem! Ele não está drogado e não se ofenderia com isso. Poderia até mesmo ter lhe oferecido uma flor do canteiro ao seu lado se tivesse ouvido ela falar.

Mas as vozes... Ah, essas sim, ele as escuta. Dezenas delas. Às vezes, elas dizem coisas ruins e ele chora, porque não quer obedecê-las. Não quer acreditar no que elas dizem; quer apenas que elas sumam dali, sumam de sua cabeça. Apesar disso, ele não tem coragem (e nem força) para expulsá-las dali —, muitas vezes, elas lhe fazem companhia.

Uma vez ou outra, aparece algum vizinho que lhe dá "bom dia". Nessas horas, as vozes ficam mais atiçadas. Ele manda calarem a boca e oferece seu melhor sorriso, pois percebe, mesmo sem verbalizar, que não tem problemas com o fato de estar sozinho.

Tem problemas, mesmo, é com a solidão.

Quão solitárias são suas caminhadas pelas ruas da cidade, quão ingratos são os guardas que o expulsam do parquinho. Ele só queria voar como fazem as crianças no balanço, quem sabe até ralar um joelho. Sentir finalmente algo que não seja a fome, que não seja a dor chata em seu peito. Sentir.

Os sinos da catedral soam e ele sabe que são seis horas da tarde. Uma força o puxa para sua rotina, a que ele orgulhosamente criou para si. Então, pega o seu papelão e seu colchão (enrolado em uma corda) e ruma para o parque, de onde foi expulso tantas vezes. Sua visibilidade incomoda muitas pessoas invisíveis pelo caminho. Elas caminham apressadamente por entre os prédios, tentando chegar a algum lugar, sem nunca chegar a lugar algum.

A chuva se aproxima. O parque está deserto. Ele abre um sorriso, de orelha a orelha, quando não vê ninguém que possa incomodá-lo ali. Estende, então, seu papelão na grama fofa e o colchão em cima deste. De última hora, muda de ideia: não se deita em sua cama. Resolve se deitar diretamente na grama.

As pequenas folhas fazem cócegas em seu rosto e ele se sente novamente uma criança. Ri à toa, acariciando o verde que lhe toca a tez e se aninha às gramíneas como quem é embalado no colo da mãe amada.

As árvores farfalham, e um vento gelado cutuca a sua face logo antes de uma folha cair e pousar delicadamente em sua bochecha. Surpreso, sem mexer seu rosto um milímetro sequer, posiciona seu indicador entre a folha e a sua bochecha como quem resgata uma joaninha de um lugar perigoso. Virando finalmente o rosto, olha atentamente para ela como se fosse sagrada. Com os olhos brilhando, observa-a voar acompanhando outra rajada de vento. Fascinado, murmura:

— Borboleta... bonita borboleta!

Uma sensação de completude o invade: não está sozinho. Há a grama, há as árvores, há borboletas de todo tipo. Ele sente vontade de rir e, simplesmente por querer gargalhar, gargalha. Não há "um" motivo, tudo é motivo. Afinal, a vida é uma grande comédia mesmo que as cortinas tardem a se fechar.

Lágrimas de pura alegria escorrem pelo seu rosto e embaçam sua visão. O céu que ele encara agora está fechado. As nuvens correm com velocidade e algumas trovoadas podem ser ouvidas ao longe — mas nada, nada disso o impede de ver as estrelas. E lá estão elas, reluzentes: suas irmãs. Feitas da mesma matéria.

Um clarão explode no ar e o trovão demora um pouco para surgir. Poucos segundos se passam até que ele sente o primeiro pingo de chuva escorrendo por sua face, misturando-se com suas próprias lágrimas. Ele, então, fecha os olhos e sorri prazerosamente. O céu está chorando, só que, dessa vez, é de felicidade.

AQUELE DO PLACEBO

KENNY TESCHIEDEL

A consulta tinha sido marcada para às quatro, mas o relógio marcava duas e dezessete, e ele já sacodia o tornozelo, ansioso para que abrissem a porta e chamassem por seu nome. A sangria desatada para cessar seu sofrimento chegaria ao fim.

— Como posso lhe ajudar? — perguntou o médico.

— Estou aqui, porque quero esquecer. Recomendaram-me o senhor; disseram que é o melhor da área.

Quem chegava àquele consultório tinha a mesma queixa. O sofrimento ia das palpitações à insônia. A lembrança do fato ocorrido atrofiava o sujeito. Em casos mais graves, poderia causar distração crônica e gradativamente contrair outras complicações, como taquicardia, asma e a mais grave delas, a falência múltipla.

O procedimento era simples, embora sua eficácia não fosse totalmente segura. O doutor passou a explicar cada uma das etapas, desde a cisão feita na lateral do peito até o período de recuperação que, imprescindivelmente, exigia o isolamento para evitar o despertar das mesmas emoções e reativar a memória. Naquele falatório todo, o rapaz cortou as explicações do médico e perguntou:

— Quanto?

Acreditando tratar-se de valores, o profissional floreou o assunto, exibindo seu extenso currículo. Atribuiu números, mas não era isso que o paciente queria saber.

— Quanto vai doer?

Uma dúvida frequente também, e a resposta, por si só, habitual:

— Em caso de amor, a dor é maior. Não tem anestesia pra isso.

O enfermo arregalou os olhos. Seu estranhamento logo foi percebido e não precisou perguntar como se dava a operação.

— Arrancamos essa lembrança à unha.

O jovem se contorceu na cadeira. Era o preço que tinha a pagar. Depois, suturava e seguiria a vida normalmente. Estaria livre para plugar os fones de ouvido e não chorar pela música que lhe remetia ao envolvimento que tivera. Quando pegasse o carro, não daria voltas e voltas pelo parque em que deram o último beijo. E, antes de dormir, seu telefone apagaria a luz sem receber o tradicional "boa noite" que tanto esperava, mas ciente que a mensagem não chegaria.

Enquanto negociava a melhor forma de extrair aquela lembrança, cogitou a possibilidade de permanecer com ela, mas livrar-se do arrependimento trazido por ter vivido aquilo. O custo-benefício era incomparavelmente mais vantajoso, pois daria à dor um outro sentido, colocaria noutro lugar. Uma luxação, uma dor de dente, quem sabe?

Tempos depois, o curativo fronteiriço abaixo da axila esquerda e rente à costela começou a rasgar. Andando pela rua, ainda mantinha a lembrança. Percebeu isso ao deixar um sorriso escapar quando o coração reconstituiu — sem sangrar — os olhos que tinham lhe furtado à pinça e ao bisturi. Já que não tinha sido capaz de esquecer, esbravejou contra o médico.

Em um exame simples, a olho nu, o médico engoliu a chuva de xingamentos pelo suposto serviço mal feito. Orgulhoso, acompanhou o moço para fora do consultório:

— Cicatrizado está, só que, agora, não dói mais.

VITROLA EDITORA E DISTRIBUIDORA LTDA
Rua das Camélias, 321 - Aparecida
CEP: 98.400-000 - Frederico Westphalen - RS
Telefone: (55) 3744-6878
editora@vitrola.com.br
www.vitrola.com.br

IMPRESSÃO:

PALLOTTI
GRÁFICA

Santa Maria - RS | Fone: (55) 3220.4500
www.graficapallotti.com.br